主编 凌翔　　　　　　当代著名作家美文自选集

阳光暖暖，流年珊珊

徐宏敏 著

民主与建设出版社
·北京·

© 民主与建设出版社，2020

图书在版编目（CIP）数据

阳光暖暖，流年珊珊 / 徐宏敏著 . —北京：民主与建设出版社，2020.2
 ISBN 978-7-5139-2884-7

Ⅰ.①阳… Ⅱ.①徐… Ⅲ.①散文集—中国—当代 Ⅳ.① I267

中国版本图书馆 CIP 数据核字（2020）第 018167 号

阳光暖暖，流年珊珊
YANGGUANG NUANNUAN, LIUNIAN SHANSHAN

著　　者	徐宏敏
责任编辑	周佩芳
封面设计	陈　姝
出版发行	民主与建设出版社有限责任公司
电　　话	（010）59417747　59419778
社　　址	北京市海淀区西三环中路10号望海楼E座7层
邮　　编	100142
印　　刷	唐山楠萍印务有限公司
版　　次	2020年7月第1版
印　　次	2020年7月第1次印刷
开　　本	710毫米×1000毫米　1/16
印　　张	13
字　　数	200千字
书　　号	ISBN 978-7-5139-2884-7
定　　价	49.80元

注：如有印、装质量问题，请与出版社联系。

目 录

第一辑　历史烟云

伤心词人纳兰容若　002
女校书薛涛　007
绝色王妃顾太清　012
才女鱼玄机　017
南宋仕女朱淑真　022
旷世词女李清照　028

第二辑　恋冬忆雪

长长的路，慢慢地走　036
安静一隅，花香伴夏来　039
佛前的一朵莲　042
雪漫倾城，纯白了时光　044
时光住处，摇落岁时秋　047
陪你，恋冬忆雪　050
余生漫长，愿与岁月深爱　052
落字为约，执笔问君安　055
做一个温暖的女子　058
相约冬季，一窗流年寄天涯　060
四时之冬，心素如简　063
秋无言，静美如诗　066

第三辑　惟愿相逢

你本丰盛，你本富足　070
终有一天，她活成了想要的模样　073
雪中之梅，且以深情共此生　076
琼瑶，雪莲花一样的女子　082
踏遍万水千山，终遇繁花盛开　086
活成一株植物的姿态　094
谁的奋斗不带伤　100

第四辑　清简红尘

拥有一颗成长心　108
孩童，少女，外婆　112
冬天的味道　115
有种爱叫外婆　117
每朵花都有开放的时节　120
岁月里那个温柔的老人　124
那段城中村的岁月　126
尘埃落定，梦老江南　130
穷可以让人卑微到什么地步？　133
烟雨江南，相遇如花　137
母亲手上的味道　140
洞里萨湖，我从彼岸踏浪而来　143
导游陈阳朔　147

婆婆就是妈　151
童年如梦，与外婆牵手的素色时光　154
一个自律的人有多可怕？　158
夏日里最美的相逢　161
漫步耦园，行走在江南的时光里　168
邂逅定园，在一盏绿韵里共晨昏　172

附录　前世今生

爱你不问前尘旧梦　176
血玉　192
韶华之年待君来　196

第一辑　历史烟云

伤心词人纳兰容若

纳兰容若是大清重臣纳兰明珠之子。他生于阀阅，位居清要，却经年抑郁，倦于仕途，离世时年仅三十一岁。他是浊世中的翩翩公子，无论对方是寻常布衣还是谪迁高官、江湖人士、古刹僧侣……只要性情相投，他都与之结交。

纳兰容若出生于农历腊月十二，寒冬时分，故乳名冬郎，大名纳兰成德。后因避讳皇子保成嫌名，改为性德，字容若。他五岁学习骑射，小小年纪不乏英武之气。其父明珠喜欢儒家文化，早早为他请来了名师教习。

他自幼聪慧，读书过即不忘，十七岁入国子监，十八岁考中举人，十九岁录为贡士，二十二岁考中进士。

他是满族贵族子弟中耀眼的明星，灿烂光华。

有人说，纳兰容若是《红楼梦》里的贾宝玉原型，他的家明珠府就是大观园。有一次，和珅将《红楼梦》拿给乾隆看，乾隆看罢，掩卷叹息："此盖为明珠家事作也！"他说这话是有根据的，据说，纳兰容若与曹雪芹的祖父曹寅曾同朝为官，都在御前当差且是至交好友。曹寅一定同曹雪芹讲过，容若家那一段未曾飘远的往事。无论怎样，容若都与贾宝玉有相似之处：他们都困于樊笼，才华横溢，情思抑郁，有情人难成眷属。

"家家争唱饮水词，纳兰心事谁人知？"容若的一生，尽管身边围绕了太多才子佳人，但情路坎坷，甚是落寞。也许上天在故意捉弄这位多情的才子，纵然仕途顺遂，但那从来不是他的梦想。常伴君前，仰人鼻息，生性高傲的容若怎能容忍自己对别人低眉顺眼？即便这个人是权倾天下的皇帝。

他渴望建功立业，又希望远离朝堂。他喜欢吟诗作对，寄情山水，却因出身官宦之家不能放浪形骸。其情怀和抱负注定不能两全，身为明珠府的长子，御前侍卫，他有太多的身不由己。

他是优秀的，也是落寞的，落寞到知己难求。他潇洒浪漫，温柔多情。这样的人，生命里怎会少了爱情。他和表妹惠儿，少时相遇相知。本以为稳稳妥妥的爱情，皆大欢喜的结局，却被意外冲散。

表妹被父亲安排参加选秀，以她的才貌怎会落选？一道圣旨下来，她成了康熙的妃子，从此开始了两地相思。若是别人，他还可以争取，与之一决高下。现在夺走心爱之人的是皇帝，怎能与之抗衡？

康熙后宫妃子无数，惠儿并没有得到皇帝垂爱，甚至不曾被临幸。长门冷宫，春草青青，她一年一年在宫里虚度光阴。容若相思难解，趁国丧之时，买通喇嘛，身披袈裟混入其中，只是为了远远看表妹一眼。

他与表妹注定有缘无份，虽然心系表妹，但日子总要过下去。作为明珠府的长子，婚姻被提上日程。

后来，父母为他安排了一桩婚事。此女是卢蕊，家世显赫，与容若门当户对。起初容若是排斥的，但日子久了，他与卢氏竟格外投缘。卢氏虽不是才华横溢，不能与容若吟诗作对，却非常温柔体贴，懂得欣赏他。

她为他铺床叠被，披衣添茶，铺纸研墨。虽然传统贤惠，却天真活泼。她的到来让容若冰冻的心渐渐融化，失恋的伤口也渐渐愈合。

从此以后，他不必独守漫漫长夜，静数窗外更声。她也不必再孤枕难眠，愁对烛火。春看海棠花开花落，夏听竹风穿林声，秋赏菊花，冬听雪落。

他和卢氏过了几年相敬如宾的生活。御前当差回来，有酒可温，有书可看，有佳人相伴。他渐渐忘记失去表妹惠儿之殇。抑或是，他觉得此生注定与之擦肩吧。卢氏清丽脱俗，一点也不比惠儿逊色，她的温柔把这颗冰冻的心一点一点融化。也许他觉得更应珍惜眼前人，毕竟，有谁愿意一直生活在悲伤中呢？

好景不长，卢氏生下一子，受了风寒撒手而去。命运对他就是这么不公，先是痛失表妹惠儿，接着爱妻离去，他的心好像被掏空一样，整个人如风中柳丝，孱弱不支。

握在手中的幸福就这样瞬间瓦解。纵有才子之名，显赫家世，身居要职，那又如何？这些从来都不是他想要的。

他是一个多情的男人，也是一个热爱家庭负责任的才子，一个渴望爱情的豪门公子。比起官场，他更喜欢家的温馨，诗书的温柔。虽然年纪轻轻，可是他的心老了。

"山一程，水一程，
身向榆关那畔行，
夜深千帐灯。
风一更，雪一更，
聒碎乡心梦不成，
故园无此声。"

这是他蛰居塞外时所作，此时卢氏已故。他多么想，回到和卢氏相伴的时光啊。长亭共短亭，一山又一水，绝域长宵，人生最是别离苦。事业春风得意之时，他却遭此劫难。

旧时家人去世，家中有停柩风俗。有的停三天，有的停七天，寓意希望生者醒来。纳兰容若把爱妻卢氏的灵柩，停在双林禅院三年，希望她在经声佛火中，涅槃重生。然而，这只是痴心妄想。天河杳杳，欲渡无舟。耿耿长夜，月斜西天，挑灯独坐。

这样的日子不知道过了多久，容若三十岁这年，一个叫沈宛的江南女子，闯入了她的生活。沈宛字御蝉，浙江人。容若对其才名早有耳闻，经好友顾贞观引见之后一见钟情。沈宛出身微寒，身份是烟花巷里的名妓，他们相知相恋遭到纳兰家族长辈的极力反对。尽管容若再三争取，最后也只能让她做妾。

沈宛死后，人们没有在纳兰家族墓碑上找到她的蛛丝马迹，可见她在纳兰家地位多么卑微。当然，这是后话了。

沈宛仅在明珠府呆了百日，便以归省之名回家。这个南方女子，水一样的温柔，为了爱情北上，委曲求全，却始终得不到尊重。来到京城后，她思乡之情愈浓，便决定挥泪断情，启程回乡。

她和容若中间隔了万水千山，她明白，在世俗里，仅靠两颗相爱的心是无法维系幸福的。

是年五月三十日，容若便得了寒疾，最终熬不过关口，含恨离世。去世前，念念不忘沈宛。"她一个弱女子，不知现在怎样？身处何处？"他对她充满了愧疚，爱她却没有能力保护好她。

爱？也许是真的爱吧。自从失去惠儿，失去卢氏，他的心就已经支离破碎了。以为此生不会再动心，直到遇见沈宛，他又重温旧梦，快乐起来。

如今沈宛离他而去，留下他一个人，独守清冷月光，一盏飘忽的灯火和一怀往事。上天到底要捉弄他到几时？他竟那么羡慕寻常人家的幸福，为什么，他的人生如此寒冷？

容若至死不知，沈宛已经有了身孕。她在江南生了容若的遗腹子富森。乾隆二十六年，富森曾参加太皇太后七十寿宴，当时他已经 76 岁了，在纳兰容若所有的孩子中，是最高寿的一个。而沈宛，在思念和遗憾中孤独终老。

"非关癖爱轻模样，冷处偏佳。

别有根芽，不是人间富贵花。

谢娘别后谁能惜，飘泊天涯。

寒月悲笳，万里西风瀚海沙。"

他和雪花一样，不是人间富贵花，但生性美丽高洁。

他的一生，也像雪花一样美丽凄冷。三百多年前的五月，一个年轻的御前侍卫，一个喜欢吟风弄月的词人陨落，埋在黄土之下，茫茫太虚之中。他留下了一缕词魂，悠悠诗心给我们。把他的落寞、缱绻深情也给了我们。

女校书薛涛

薛涛是唐代著名女诗人，在唐代文学史上，她与上官婉儿、鱼玄机齐名。因有人为其奏请"女校书"一职，后人常称她"校书"。

她在唐代名扬天下，"故词翰一出，世人争以为玩。"

她生于蜀中成都官宦之家，自幼受到良好的家庭教育，小小年纪便聪慧过人，八九岁就能吟诗作对。几年后薛父因病去世，家道由此衰落，十指不沾阳春水的她，饱尝世事艰辛。

这些不幸并没有摧残她的诗才，她勤奋好学，才思敏捷，加上姿色不俗，书法俊逸，很快在当地扬名。

当时，剑南节度使韦皋刚刚到任。韦皋文武双全，风度翩翩，自古才子爱佳人，刚上任，就听幕属说起才女薛涛，心中倾慕不已，当即派人去请她入府。

适时，薛涛家境清寒，虽有诗才，但不能像男儿那样驰骋沙场建功立业，只能任生活摆布。无奈之下，她应召入府，站在韦皋面前，如盛开的白莲，落落大方，丝毫不惧生人。韦皋对她稍加试探，发现其才情不俗，无论容貌、口才、诗才，均超凡脱俗。就这样，他帮薛涛入了乐籍，留在自己帐下，从此改写了她的命运。

乐籍，顾名思义，指从事音乐艺术的人，而薛涛的官妓身份隶属乐籍，在当时地位卑贱，注定不能守身如玉，一生将沦落风尘。

韦皋，是一位伯乐，慧眼识珠，对薛涛青睐有加，这是爱，也是伤害。他发现了薛涛这块璞玉，让他迅速走红。

薛涛在韦皋帐下如鱼得水，凡逢庆典、宴会，薛涛必在场，侍奉其左右，诗酒唱和好不潇洒。她出口成章，对仗工整，诗文大气磅礴，毫无女儿之态，很快引起轰动。

薛涛让他很有面子，韦皋更加得意自己的选择，像看着满意的作品一样沾沾自喜。他赐薛涛绫罗绸缎金银珠宝，把她豢养在笼中，赐她锦衣玉食，不曾让她受风霜之苦。

那时，薛涛才十五六岁，是韦皋帐下最年轻的乐妓。她年少气盛，被韦皋及众人赞誉，渐渐变得傲慢任性。风流名士和官员之间往来、外地使者来访时，他们常常先拜访薛涛，赠其金银珠宝及昂贵礼物，薛涛毫不顾忌照单全收并上缴国库。

韦皋是当代名臣，文武双全，且为西川霸主，无论政绩还是军功都很卓著，排名仅在郭子仪之后。这样一个优秀男人，自然好面子，现在他被一个女人左右，且她还与别的男人交头接耳，顿时醋劲大发勃然大怒，一气之下把她贬到松州。

松州在四川西北，地处偏僻，气候寒冷，常年战乱，贫瘠荒凉。她以官妓身份来到这里，侍奉戍边的将军，身心都受到很大伤害，内心哀苦不已。彼时，她才明白，无论多么春风得意，无论她在蜀中过怎样的锦衣玉食生活，无论她曾经有多么好的家世背景，那都是南柯一梦。

她的命运始终掌握在别人手里，她的身份依然是卑微的官妓，是贱民。那时，她才明白她人生的掌舵者——韦皋，是多么冷酷无情。心中实苦，却不敢埋怨，只能以诗寄情，委婉替自己辩解，希望韦皋能助她脱离苦海。

她曾作《十离诗》《罚赴边上韦相公二首》，诉说边塞之苦。"萤在荒芜月在天，萤飞岂到月轮边。重光万里应相照，目断云霄信不传。"言辞诚恳，情真意切，韦皋看了为之动容。忆起往昔点滴，至今十分疼惜。终于，他把她召回了成都，并帮她脱离乐籍，恢复自由之身。

回到蜀中，薛涛隐居在城西浣花溪畔，终日与诗书为伴，游山玩水。她纵情享受静好时光，因其诗才出众，加上在韦皋身边多年，不乏圈内知己好友相助，所以经济上并不拮据。后来，她仍然参加韦皋的宴会，常侍奉其左右。

韦皋任西川节度使二十一年，她也跟着陪伴多年。此后，此职位频繁更换人员，每次新官上任，都喜欢找薛涛询问历往。因为薛涛是政局动荡的见证人，她坐看历史演绎，官场风云变幻，是最佳咨询人选。此时的薛涛，已经不是那个青涩的小姑娘了，她变得圆滑，善于察言观色，很会迎合这些官员们的口味，因此无论哪任官员上任，都比较器重她。

她栖居浣花溪畔，自制薛涛笺，以桃花、樱花、海棠花等鲜花捣碎上色，几经加工，制成粉色精致的诗笺，方便书写，携带轻便，风靡一时。曾有诗云："万里桥边女校书，枇杷花里闭门居。扫眉才子知多少，管领春风总不如。"这是赞誉薛涛的诗作中最出色的一首，足见其才貌过人，远胜男儿。

薛涛脱离乐籍后，一直未嫁。以其才情和容貌，嫁人并不是难事。只是曾为官妓，这是她一生的屈辱，无法洗掉的污点，也是任何一个优秀男人所不能接受的。

虽然未嫁，但她的感情生活并不空虚，身边依然围绕很多爱慕的男子，元稹就是其中之一。

元稹，字微之，唐代著名诗人，曾任监察御史，与白居易很要好，当时有"元白"之称。他虽为诗人，却风流成性。在没有认识薛涛之前，他曾疯狂追求富家小姐崔莺莺，千古名句"曾经沧海难为水，除却巫山不是云"就是对崔莺莺的怀念。

后来，为了仕途，他立即抛弃崔莺莺，高攀太子少保韦少卿小女儿韦丛，娶她为妻。

他早闻薛涛才名，倾慕不已。为了得到她，多次寻找机会，最终，由共同好友的引见，两人相遇相知。

遇见薛涛时，他已和韦氏生活六年有余，薛涛则脱离乐籍十年。情感无归宿的她特别渴望异性的温柔，元稹这个情场老手刚好满足诉求。他很会讨巧，故意在薛涛面前显山露水，施展才华，很快令薛涛着迷。然而他毕竟是风流浪子，本性难收，得到后便不知珍惜，始终对薛涛没有迎娶的想法。

和薛涛的露水姻缘，仅仅维持三个多月。三月后，一纸调令，他去了洛阳，丢下薛涛，在浣花溪边孤独地期盼。曾经同吃同寝同玩，朝夕相伴，转眼如轻烟飞逝。

元稹走后，也曾怀念过这段时光，"别后相思隔烟火，菖蒲花发五云高。"写这首诗时，他们已分别十二年。为了避嫌，他不敢直接写思念薛涛，而是以菖蒲花代替，因为薛涛喜欢在门前种菖蒲花。然而，这首诗也只是他一时情起，不过是一个诗人一时的灵感乍现，怀念风流快活往事而已。他并没有接回薛涛，与之重修旧好。

元稹的正妻死后，他先后续娶多位佳人，后又与有妇之夫刘采春相恋，移情别恋的速度令人咋舌。陈寅格评价他："综其一生行迹，巧宦故不待言，而巧婚尤为可恶也，岂其多情哉，实为多诈而已！"

薛涛对元稹用情至深，却终未走进他心里。男人都很聪明的，知道自己该迎娶什么样的女人。她曾身陷污淖，纵使今日脱离苦海，但不堪的过往是任何一个男人都无法接受的。

在当时，男人选择女人的余地很大，薛涛再富有才名，但这些身外之物并不能带给她一个家。

薛涛晚年迁居碧鸡坊，那里竹寒草青，池塘碧水悠悠，生活清宁。只是，年老色衰的她再无人爱，交往的异性也只是知己好友，生活孤独寂寞。就这样，一身素服，一卷诗书，与青灯为伴。

唐文宗太和六年，她因病溘然长逝，享年六十三岁。她死后被人草草葬在门外的小竹林里，周围碧草青青。两年后，生前好友段其昌上任西川节度使，忆起曾经的情谊，心疼不已。

他亲自为她撰写墓志铭，命人整修墓地，并亲自在周围种下她喜欢的桃花、菖蒲……每当春天，繁花盛开，恰似薛涛的娇容。人们一直有种错觉，那就是薛涛并未去世，她以另一种方式存在于这个世界。

白居易曾说："人生莫作妇人身，百年苦乐由他人。"如果薛涛是男儿身，也许命运就会从此改写。身为封建时代的女性，注定悲苦多于幸福。

绝色王妃顾太清

　　清代文坛上，千古留名的词人并不多，女词人就更少了，顾太清就是名满大清文坛的女词人，后人赞誉她"男中成容若，女中太清春。"

　　顾太清生在官宦之家，到了她这一代，祖父因政治原因锒铛入狱，家族一下子如大厦倾倒，她成了罪臣之后。虽然家里不如从前风光，但顾太清的童年还是很快乐，博学多才的祖母会教她琴棋书画，诗词歌赋。

　　她遗传了家族优秀的基因，生得清丽出尘，广额瘦脸尖下巴，是个标准的美人。聪慧过人，眼光独到有品味，风骨傲然。

　　她是满人，却取了汉人的名字。那是因为，她的身份是罪人后裔，为了躲开四面八方的暗箭，她改名姓"顾"。十一岁之前，她在京城过着贫寒的生活。后来，她流落江南，曾经到过苏杭，辗转福建、广东等地，从小饱受沧桑，尝遍人情冷暖。

　　从前她家住京城香山附近，与皇亲贵胄之家荣王府相隔不远。因为有亲眷嫁给荣亲王永琪做福晋，她常常以太福晋内侄女的身份与王府来往，因其才华横溢，她还被荣王府聘为家庭教师，教习格格们读书。

荣王府主人永琪（乾隆皇帝第五子）之孙叫奕绘，字太素，十六岁就袭贝勒，貌比潘安，情似宋玉，小小年纪就不乏英武之气。他带头起诗社，与姊妹们一起吟诗作对。身为老师又爱好文学的顾太清，自然乐意加入。

他们在一起的欢乐时光，像《红楼梦》里的大观园那样热闹。

顾太清生得端庄绝美，填得一首好词。身为满人，她自幼不缠足，时常女扮男装，俊俏风流。她在荣王府的时候，奕绘常常在人群中搜寻她的身影，时不时投来欣赏的眼神。顾太清也对这个温润如玉的翩翩公子产生爱慕之心。

太夫人知道后，极力反对。因为顾太清是罪人之后，虽是满人，却姓属西林觉罗氏，当年她祖父鄂尔泰牵扯文字狱案锒铛入狱，不容于八旗。

往事未曾飘远，这时如果奕绘娶她，这罪名可不小，有夺爵、获罪的危险。他们虽然相知相惜，却沦陷在悬殊的身份背景里。

后来，顾太清怅然离京，在苏州居住一段时间。

他们再次重逢时，时光已经过去十年。岁月，弹指一瞬间，世间所有的一切都可以沧海变桑田。然，奕绘对顾太清的思念之心丝毫不减，他去江南散心，在一次文人墨客的筵席上见到顾太清，悸动、心痛、喜悦……各种心情相互交织。

这一年，奕绘二十六岁，顾太清也二十六岁了。这个年龄，在古代算是晚婚。身为贝勒爷，他家境显赫，又生得剑眉凤目，智勇双全，身边从来不缺女人。更何况，他已有正室妙华夫人。

但他对顾太清仍然痴迷。此时她已脱胎换骨，清丽出尘，江南的山水滋养了她的容颜，怡养了她的性情，美中不足的是，她仍然寡居。有人说，二十六岁的顾太清其实嫁过人，后来丈夫去世。于是，文君新寡、罪臣之后，只这两条，就可以让他们的爱情万劫不复，他们再无相伴终生的可能。

虽然长辈极力反对他们的婚事，但奕绘并不死心，他让顾太清改姓，从了府上一位德高望重老部下的姓，从"西林春"改为"顾太清"，上报宗人府，解决了罪人之后的难题。

现在他转身想说服长辈，但身为皇家的人，哪个不是眼睛长在头顶上，奕绘的长辈当然看不上顾太清这个"年老色衰"的女人。绝望的奕绘相思成疾，卧病在床。家人看他动了真情，加上娶的是侧室，没有正室要求那么严格，终于答应他们成婚。

婚后，他们育有两子两女，过着夫唱妇随的生活。奕绘从没有因为过去的身份而轻视她，反而把她视若珍宝。一个男人愿意和侧室生育四个孩子，由此可见他对顾太清的感情。

奕绘常常携妻儿出游，"诗卷共娇儿一车"，兴之所至，便引吭高歌。

他是一个富有诗意的男子，不爱高官厚禄，喜欢诗书。夫妻二人情趣相投，酷爱游山玩水，边玩边创作诗词。

奕绘的诗集叫《明善堂集》，太清就把诗集命名为《天游阁集》；奕绘的词集叫《南谷樵唱》，太清的词集便叫《东海渔歌》。明善堂对天游阁，南谷对东海，樵唱对渔歌，由此可见他们夫妻情深，默契十足。

他们常常带着孩子踏青，策马奔腾在郊外，尽情享受大自然的赐予。顾太清母爱十足，诗词中多多提及儿女陪伴的幸福：

"暖处有、星星细草。
看群儿、缘阶寻绕。
采采茵蔯芣苢，
提个篮儿小。"

她笔墨如画，把孩子们奔跑在星星细草上的欢乐时光轻松描绘，尽显童真童趣，有一种天然雕饰的美。母爱泛滥，读完此句，唇齿留香。快乐幸福是灵感的源泉，顾太清婚姻幸福，佳作不断。

风光好·春日
好风光，渐天长。
正月游蜂出蜜房、为人忙。
探春最是沿河好，烟丝袅。
谁把柔条染嫩黄，大文章。

好景不长，道光十八年七月七日，奕绘病逝，留下四个未成年的孩子，最大的才十三岁，那时顾太清才四十岁。

丈夫的死对她打击很大。她常坐在房中，品读奕绘的诗集，不知不觉泪流满面，神情恍惚。

祸不单行，三个月后，顾太清和四个孩子被婆婆逐出家门。"奉上堂命，携钊、初两儿，叔文、以文两女，移居邸外。"

婆婆一直在意顾太清"罪人之后"的身份。而且，她曾嫁过人。奕绘在世时，家人爱屋及乌，极力帮她掩饰过去。现在奕绘去世，丧子之痛还没消失，看到顾太清，就想到她的过去，就更加讨厌她，以为她克夫。

出府时，她一文不名，卖了金银首饰，才凑钱买了一处宅院。生活艰难，加上孩子年幼不懂事，她常常绝望，多次想到自杀。但每次看到孩子，又放弃了这个愚蠢的念头。

这样的日子她熬了二十年，直到载钊长大成人。后载钊长子袭镇国公，他们才搬回荣王府。那时，顾太清已经五十九岁，她又做回王妃，只是心爱之人已经不在。

晚年，她依然喜欢吟诗，常常回忆和奕绘在一起的时光，想着想着便笑了。

顾太清是一个幸福的女人，虽然小时候过得不好，但在青葱岁月里，有一个爱她如命情趣相投的丈夫，做了美丽的王妃，有名正言顺的身份和显赫的地位，就足够了。

虽然她被婆婆赶出家门，过了一段艰难时光，但晚年幸福，有儿女可依靠，衣食无忧，还活到七十九岁高龄，在众多女词人中，真是幸福太多了。

才女鱼玄机

　　鱼玄机，晚唐女诗人。她与李冶、薛涛、刘彩春并称为唐代四大女诗人，其貌倾城，其才倾国，在唐代名极一时，被誉为"才媛中之诗圣"。传说她五岁能诗，七岁能赋，十二岁名满长安。但她的人生路途坎坷，生命之花也早早凋零，存世诗作仅五十首。

　　鱼玄机初名并不叫玄机，她有一个非常美的名字——幼薇。她出生在长安城郊的一个小村，据说，她出生时引来百鸟齐鸣，绕屋三匝。生逢于乱世，而"乱世多异象"，人们见状啧啧称奇，纷纷猜测此女将来会是人中龙凤。

　　鱼父中年得女，开心不已。兵荒马乱的时代，生男多战死，生女尚偷生，生女儿比生儿子好啊。鱼父饱读诗书，却屡试不中，导致家境贫寒，生活无以为继。但他对幼薇的爱护一点也没有减少，教她琴棋书画，诗词歌赋。幼薇很争气，慧质兰心，气态悠然，小小年纪就谈吐不凡。

　　好景不长，鱼玄机五岁丧父。母亲不得不带着她到京城讨生活，几经辗转，最后搬到长安城郊一个破旧小院，靠做针线和浆洗为生。

那时，鱼玄机已经十三岁了，也是在这一年，她遇到了那个影响自己一生命运的男人——温庭筠。

温庭筠，字飞卿，唐代著名诗人，才子。只可惜他只负盛名，仕途却坎坷无比。他性格乖张，放荡不羁，喜欢讽刺权贵，因此得罪达官贵人，屡试不第，一生贫困潦倒。

第一次见到幼薇，是在长安东南角一个破旧的小院，四周皆烟花之地，娼妓云集。眼前少女虽然年纪不大，但是端庄大方，丝毫不惧生人。一双灵动的大眼睛望着他，似乎在寻问来者何人？乌黑的长发随风飘扬，姿色娟丽，让人心生怜爱。温庭筠对其才名早有耳闻，如今相识，才子遇才女，有聊不完的话题，初次相见就像认识许久的老友。

一日，他们出去郊游，温庭筠以"江边柳"为题，试探其才情。鱼玄机稍做思考，很快写了一首诗：

　　翠色连荒岸，烟姿入远楼。
　　影铺秋水面，花落钓人头。
　　根老藏鱼窟，枝低系客舟。
　　萧萧风雨夜，惊梦复添愁。

温庭筠反复品读，赞赏有加。这首诗无论是平仄音韵，还是遣词造句，均是上乘之作，意境悠远。从此他对幼薇更加怜爱，耐心指导她诗文，如益友，如严师，如慈父。

温庭筠多才多艺，不仅擅长诗词歌赋，还通晓音律，擅长弹琴鼓瑟，谙吹箫。作为他的高徒，幼薇自然不会差。她对艺术有极高的天赋，触类旁通，提升很快。此外，她还擅长歌舞，多才多艺加上姿色不俗，很快名满长安。

温庭筠这位落拓才子，无意中培养了一位乱世才女。幼薇对他日久生情，芳心暗许。温庭筠也对亭亭玉立的她产生异样的情愫。但转念一想，他已经三十多岁了，更何况还落魄不堪，而她正当盛年，应该找一个才情家世俱佳的人来依靠。这时幼薇已经学有所成，不再需要他了，他决定挥泪断情，远走高飞，让她寻找属于自己的那片天空。

他走后，幼薇不死心，在秋凉时节，寄一首《遥寄飞卿》，表达落寞相思之意。冬夜萧索时，她又写一首《冬夜遥寄飞卿》，表达她的思念及哀怨，埋怨他的无动于衷。温庭筠又何尝不想见她，只是他们年龄相差悬殊，又不能带给幼薇更好的生活，只能放手，刻意疏远。

没过多久，他把幼薇介绍给当时的才子李亿。李亿是富家子弟，名门之后，当朝新科状元。他非常欣赏幼薇的才情，亦被她的美貌所倾倒。温庭筠顺水推舟，有意成全他的爱慕。幼薇怨恨温庭钧的日益疏远，对李亿的殷勤微微感动，日子久了，竟然由感动生情，对李亿产生一份爱恋。

当时李亿已有正妻裴氏。裴氏出身名门望族，其父是当朝显贵，门生遍布朝野，有权有势。李亿的父亲对这桩婚事非常满意，以后儿子的前途还要靠妻子的娘家帮衬，因此对裴氏颇为忌惮。李亿和幼薇相恋成婚，遭到父母的坚决反对。尽管如此，李亿还是把她安置在长安西十余里外的别墅大院。那里依山傍水，风景秀丽，两人在那里过着夫妻恩爱的生活。

好景不长，在老家的裴氏很快知道李亿纳妾的消息，一封书信把李亿召回老家，逼他休了幼薇。李亿忌惮岳父的势力，只好答应裴氏。这样还不解气，裴氏还找到别墅大院，命侍从把幼薇抓住痛打一顿，这才了事。幼薇从小到大哪受过这种侮辱，又急又气，身体孱弱不支，忧伤很久。

这次婚姻仅维持三个月就夭折了。自此，她的孤苦命运开始了。

李亿休妻后，对她仍然心生挂念，但岳父的势力遍布京华，只能隐忍。为了弥补亏欠，他命人找了一处僻静的道观——咸宜观，好让她有栖身之所。幼薇带着一身忧思来到这里,与女道士们同吃住,本来活泼的她也变得沉默寡言,形销骨立。观主心慈面善,知晓了她和身世和故事,心生怜悯,劝她看破红尘,早日归隐,并让她改名为鱼玄机。此名寓意为她的人生如风云变幻无穷,处处充满玄机,劝她对人生不要绝望,毕竟明天未知。

从此,她潜心诗文,一心修道。观主死后,她成为一观之主,由于善于管理,苦心经营,道观香火日益鼎盛,玄机大师芳名远播。此外,她还收留许多无家可归年幼的女弟子,悉心调教,精心抚养,日子过得充实而有意义。

这时,她来道观已三年,忆往昔,她仍然心有戚戚。一个冷清的夜,她写下了《赠邻女》:

羞日遮罗袖,愁春懒起妆。
易求无价宝,难得有心郎。
枕上潜垂泪,花间暗断肠。
自能窥宋玉,何必恨王昌。

这首诗表达了她对往事的追思,意欲摆脱痛苦绝望的心情。从此她不再对爱情抱有幻想,从此,她的人生无牵无挂,一盏孤灯,清风朗月。也许,她真的看破红尘了罢。

本以为,她就这样过完下半生。虽然婚姻不圆满,但是至少,目前的生活是安稳的,美好的。

当时道观香客如流,日益壮大,前来拜访的善男信女络绎不绝,其中不乏文采风流之士,腰缠万贯的商人。鱼玄机对此已经习惯,面对他们的讨教与爱慕,不为所动,继续修道读书。

当时有一位叫陈韪的才子,生得风流倜傥,斯文儒雅。他本富家子弟，后家道中落，沦为乐师，于贵族间求生存。鱼玄机初次见面便对他心生好感，几经交谈，对他欣赏至极，原本静谧如水的内心再次掀起波澜，而陈韪也痴恋于她。

还未等两人正式在一起，这时，她的弟子绿翘，也暗恋陈韪，并且阴差阳错之下，与他有了肌肤之亲。鱼玄机发现后，顿时怒火中烧，心生妒意，将她杀害，埋于后山。没多久，尸体腐烂，引来大片苍蝇，这桩蓄意杀人案才被人发现。鱼玄机自知罪无可恕，前去自首，后被关进大牢，不久，在一个西风萧瑟的秋日，被斩首于菜市口，年仅 26 岁。

"一世红尘一阕歌，因情丧命空余恨。"如果温庭筠知道她早早凋零的命运，不知道还会不会把她介绍给李亿。如果当初娶了鱼玄机，也许他们会过着穷困潦倒的生活，但幸福会更多一些，她也不至于早早丧命。

在那个乱世，能生存已经不易，更何况是鱼玄机那样名满大唐的女子。她的一生，注定身边有数不清爱慕的男子，她的出身和高傲的个性，注定一生孤苦伶仃。

南宋仕女朱淑真

朱淑真，号幽栖居士，北宋钱塘人氏。她出生的年代比李清照还早些，只活到四十五岁。虽然朱淑真的文学成就很高，但其文章之名在当时并不彰显。在她死去多年以后，南宋一个叫魏仲恭的人，收集其诗作装订成册，取名为《断肠集》，并为之作序，朱淑真的诗词才逐渐被人们所赏识。

朱淑真出生于书香气息浓厚的官宦之家，性格纯真活泼。无论饮食起居还是出门玩耍，均有丫鬟相伴左右。读书弄花、垂钓嬉戏、赏月饮酒，这些雅事都是她日常生活的内容。长大后，在父亲等人的教导下，填词作赋，抚琴歌咏，或绘画书法，过尽天真烂漫风雅生活。

无论是"日家庭院春长锁，今夜楼台月正圆。"还是"绿槐高柳浓阴合，深院人眠白昼闲。"诗作皆清丽缠绵，生活尽显悠闲养尊处优。生于官府之家，长于深闺人未识。闲来秋游，扁舟夜泊，观鱼垂钓，鲜花映照少女脸。就连遇到伤心事，也是"桃花脸上汪汪泪。"雪肤花貌，聪明过人，父母兄嫂对其宠爱有加。

《下湖即事》是她的闺阁之作。

晴波碧漾接长空，书馆春寒柳曳风。
隔岸谁家修竹里，杏花斜映一枝红。

朱淑真的父亲曾在浙西一带做官，喜好清玩，醉心艺术。但他严守封建礼教，对待女儿婚姻讲究门当户对，不尊重女儿的意愿，导致女儿婚姻不幸。

她少女时代曾倾心一人，也曾初尝恋爱的甜蜜。他英俊潇洒才华横溢，相遇于新春时分。

那是个特别的日子，新月弯弯似钩，清凉如玉。池塘寒冰尚在，小草吐新芽，一切万象更新，满街都是盼望已久的盛况：姑娘们穿着小凤鞋，微微蹙着黛眉，带着淡淡的香气打街上走过。朱淑真出门前特意打扮了一番，用玉梳梳了漂亮的发髻，穿了新衣服新鞋出来闲逛。长街灯光绚丽，烛龙火树里，处处是丽人摇曳的身影。也许是新鞋挤脚，也许是走累了，朱淑真嘟着嘴，狠狠跺了跺脚，对着丫鬟撒娇使性。事后又暗自后悔，觉得有失仪态，不禁往四周偷偷瞄一下，一张笑意盈盈英俊的脸，正在戏谑地看着她。回想自己忽而皱眉，忽而轻笑，旁若无人泼辣刁蛮的样子，她不禁羞红了脸。

往日多少繁华热闹过眼云烟，那一天却成了她一生最美的回忆。一个人的朝花夕月，根本不是良辰美景。两个人的凡尘烟火，却能成为传奇。无论历经多少，都觉得弗如初逢，新不如旧。

关于初恋，关于爱情，朱淑真佳作连连。却被严守礼教的家人视为荒唐。父母之爱女，必为之计深远。对方非名门世家，辈分不合，对他们的感情严加阻拦，生生拆散，甚至焚毁她为缠绵的初恋写的诗作。

朱淑真孝顺父母，选择隐忍不予抗衡。一段才子佳人的爱情就这样被东风尽吹，消逝了……

她的爱是这样赴汤蹈火，这样覆水难收。在她心中，爱恋的男子，无需门当户对，无需家财万贯，只需两人志趣相投，才华相近，朝夕相伴，举案齐眉即可。

年少时的朱淑真，面对命运的残忍决绝，没有胆量冲破封建礼教。在以后的婚姻里，她遇到的舛错和凄苦更是始料未及。她在俗世的浪涛中委屈了自己。

在父母的包办下，她嫁给一名官吏。新婚之初，也曾度过一段爱山爱水爱花赏月的日子。花落鸟啼，蜂飞蝶舞，青鸟破云而来，情浓景美。

好景不长，渐渐地，朱淑真发现丈夫粗鄙庸俗，毫无才华而且热衷名利。他只会投机钻营，不会风花雪月享受生活。尽管物质生活丰裕，但彩凤随鸦，话不投机，朱淑真精神空虚，所作诗词尽显悲秋哀怨。

朱淑真的诗词，一字一泪，控诉父母不审，错嫁夫婿。"东君不与花为主，何似休生连理枝！轻圆绝胜鸡头肉，滑腻偏宜蟹眼汤。"她自比文采绚丽的鸳鸯，而视丈夫为鸥鹭。己为轻圆滑腻的圆子，夫却没有清风霁月之容。丈夫学问浅薄，不能与朱淑真妇唱夫随。且为官的丈夫经常为自己的前途东奔西走，风尘仆仆，乐此不疲。朱淑真希望与丈夫加强沟通，增进感情，他依然积习不改，对自己毫不关心体贴。一个热衷仕途，追逐名利，一个襟怀高雅，淡泊明志。有些差距是无法弥补的。

她对他极为不满，甚至跟他分房而睡。一个女人，在凄冷之夜，更加寂寞孤单。

"推枕鸳帷不奈寒，起来霜月转阑干。
闷怀脉脉与谁说，泪滴罗衣不忍看。
霜月满天，冬夜难眠，罗衿不耐五更寒。"

身处此境，满腔幽恨。

正当朱淑真的婚姻危机之际，丈夫竟然意外升迁。古时品级较高的官员赴任，往往携带家眷。朱淑真才情俱佳姿色娟丽，丈夫想借优秀的妻子在官场上炫耀一下，因此他执意带朱淑真宦游。朱淑真虽然不愿意，但也想扩大视野和圈子，顺便寄情散心。她甚至还想借此缓和夫妻关系，对婚姻抱有希望。

船帆高高升起，小船顺流而下。江面风平浪静，天高云淡，远处水天相接，两岸山川急速后退，一路秀丽景色不断变换。良辰美景，却没有人和她和诗，对景吟唱。她只能暗自神伤。

冬去春来，朱淑真跟随丈夫宦游在外，不觉又是经年。一年将尽，仍客居他乡。她经常坐船南来北往，独自坐在临水的窗前，看天空大雁排成一字南飞，听远处阵阵鸟啼，万事万物都有所依赖有所结局，她却依然在漂泊的旅途。丈夫任期届满，又接着升迁，自己归宁却遥遥无期。

夫妻感情毫无好转，思乡之情愈发浓厚。她依旧闷闷不乐，期盼丈夫任期快快结束，好早日回到家乡。忽然有一天收到家书，欣喜万分，孤寂的心总算得到了宽慰。

常年在外，人们也许会以为她孤独到没朋友，其实不是的。她当时与上层社会的魏夫人关系最为亲密。她也是官太太，与朱淑真爱好相似，工诗善文，词名倾盖一时。

魏夫人经常请朱淑真赴家宴，席间命丫鬟表演歌舞，并向朱淑真索要诗作。

在分居的日子里，丈夫公然狎妓，纵情淫乐，最后还纳美妾。她终于忍受不了丈夫的冷落和孤独，回到杭州父母家中。但毕竟是出嫁女儿，不再是深闺女子，回娘家只能是"寄住"。

无家可归无枝可依，她更加憎恨丈夫的卑鄙无耻，憎恶丈夫的侍妾娇宠霸道。一向身体羸弱，恼人的婚姻更让她愁病交加，体质虚弱无比。寒食节过后，连续吹了几天东风。朱淑真没有心思游园赏花，更没有心思荡秋千。此时愁绪满怀，更加不能卷起珠帘看那孤寂的梨花，它们在东风劲吹下飘落，像极了自己风雨飘摇的婚姻和逝去的年华。

"春来春去几经过，不是今年恨最多。
寂寂海棠枝上月，照人清夜月如何。"

朱淑真曾经梦到过恋人，也曾到杭州见过初恋。曾经家中有客来访，客人转达了朱淑真情人的口信：新春过后，杭州相会。她日盼夜盼，终于见到意中人，悲喜交加，复杂思绪难以言状。时隔六七年，曾经沧海难为水，如今物是人非。他或许伤心过度，或许仍在等待朱淑真，一直未有妻室。一个单身，一个已为人妇，他们还能回到过去吗？

当时杭州是南宋京城，繁荣发达。十里长街车水马龙。新春期间，朱淑真和意中人每天见面，度过许多快乐时光。

朱淑真和意中人重修旧好的故事在街坊流传开来。起初丈夫还不相信，毕竟她出身官宦之家，才华横溢，怎么会红杏出墙？这在当时，可是十恶不赦的大罪！父母闻讯，十分震怒，他们觉得女儿给自己丢了脸，同时为了维护她的名声，便限制她的自由。在封建礼教的管控之下，无人替她发声。她情绪低落，几度想削发为尼，"尘飞不到人长静，一篆炉烟两卷经。"从此长伴青灯黄卷，了此残生。

朱淑真性格刚烈，心比天高，命比纸薄。她始终不曾忘怀恋人，也许不曾爱丈夫半分。她不肯将就婚姻，凭一己之力却无法反抗，路越走越迷茫，心情越来越沉重。她试图与旧人联系，不料这一行动遭到无数指责与谩骂。夫家及其四邻八乡都对她怒目相向，恨不能将其置之死地而后快。

她天资灵秀，对爱情执着，却被封建礼教的社会封杀。爱人远去，婚姻凋零，流言四起，她为什么还要苟延残喘地活着？还不如一死了之，结束这种凄风苦雨的生活。

　　四十五岁这年，一个风雨交加的夜晚，朱淑真梳妆打扮之后，怀着绝望的心情，缓缓走近一条小河，望着恋人所在的方向，她大喊几声他的名字，纵身一跃，瞬间淹没在滚滚流水中……

　　朱淑真生前写了大量情诗，被严守礼教的父母付之一炬。有关朱淑真的生平，流传甚少。但有一点可以断定，朱淑真和李清照一样，多愁善感且才貌俱佳。她们的性格都很刚烈，且少女时代很活泼开朗生活幸福，晚年凄惨。唯一不同的是李清照至少婚姻是幸福的，只是丈夫死后她开始半生飘零；而朱淑真婚姻根本没幸福过，她始终不曾忘怀恋人，对爱情过于执着太容易付出。

　　如果不那么倔强，她可以打一个漂亮的翻身仗：凭借才学闻名于世，与丈夫生儿育女，有儿女作依靠，也许丈夫会稍稍收敛。

　　"弯弯曲，新年新月钩寒玉。
　　钩寒玉，凤鞋儿小，翠眉儿蹙。
　　闹蛾雪柳添妆束，烛龙火树争驰。
　　争驰逐，元宵三五，不如初六。"

　　那个爱花爱月爱玩爱闹起舞弄清影的朱淑真永远地去了，带着对恋人无限留恋和惆怅离开了……生而为人，且生不逢时，真的很抱歉。

　　宁可枝头抱香死，何曾吹落北风中，乱世英女乱世魂。

027

旷世词女李清照

一

李清照出生在书香世家,其父李格非是北宋文章名流,大文豪苏轼门下弟子。母亲王氏乃状元王拱辰孙女,知书达理,饱读诗书。家中更是藏书万卷,耳濡目染之下,李清照从小就喜欢读书,才思敏捷,少有才名。

李格非与当世名流中很多人往来甚密。李父常与他们谈古论今,鉴赏诗词书画。这时小清照在旁边听着,增长了很多见识和知识。

十六岁那年初春,李清照随父亲来到汴京,开始了新的生活。为了培养她,李父为她请来了琴师,教习古琴。"琴书端可消忧",弹琴不仅可以陶冶情操,提升修养气度,还能锻炼专注力,读书累了,可弹琴消乏解闷。

当世女子有才情者不多,像李清照这样出身世家又天姿灵秀者更寡见。不久后，因为一首词，汴京文艺圈几乎都知道了这位才女。

阳春三月末，百花开始凋零，唯有海棠花期较晚，形神俱佳令人爱赏。少女清照爱花成痴，痴语频出。这天黄昏，风雨晚来急，狂风一阵接一阵扑打着院里的海棠，清照喝了几杯酒，醉意朦胧之际，仍担心院中的海棠被风摧残，遣侍女不时察看。

早上醒来，侍女卷帘侍奉她洗漱，此时她仍昏昏沉沉，酒意尚存，开口就问："那海棠花被风吹落了吧？"侍女望了一眼窗外禀报说："小姐您就放心吧，海棠花和以前一样开得正好呢！"清照忽然坐起，开心地说："是真的吗？那应该是'绿肥红瘦'了呀！"遂作词一首，表达一下少女感春怀春之情。

在她眼里，海棠虽美却花期短暂，犹如少女的青春容颜转瞬即逝。词中隐约透露着她春心悸动，少女惜春的心情。

　　如梦令
　昨夜雨疏风骤，浓睡不消残酒。
　试问卷帘人，却道海棠依旧。
　知否？知否？应是绿肥红瘦。

这首词竟然不胫而走，大家交口称赞，虽尺幅小令，却能灵动饱满，富有节奏，尤其是那句"绿肥红瘦"，更是新奇清丽，散发少女的气息。一时间，李格非的女儿成了"士大夫莫不称之"的才女。

李格非欣喜之余不禁感叹：小女若为男儿身，或许有经天纬地之才啊。

李清照红透汴京文艺圈，引起一位青年才俊的注意，他就是赵明诚，亦出身书香门第之家，与清照同龄，乃中书侍郎赵挺之幼子，酷爱搜集金石书画，在圈内小有名气。他对她心生爱慕，多方打听李清照的故事，迫切想认识这位词女。

他父亲与李格非不仅同朝为官，而且还是同乡。近水楼台先得月，思索良久，他决定主动出击登门拜访李格非。

初夏的一个早晨，他敲开了李府的大门，惊动了正在荡秋千的少女清照。她抬头一看，门口站着一位大帅哥，正含情脉脉地望向她。呀，丢死人了，她慌忙从秋千上下来，连手也懒得揉搓，顾不得穿鞋就跑，慌忙之中头上的金钗悄然滑落，身上香汗淋漓把薄薄的衣衫都渗透了。

李清照是个好奇的少女，走到门口，以为青梅的枝叶遮住了她的身影，回头躲在青梅树后，偷偷打量来客。

赵明诚望着她小鹿一样逃奔的身影，甚感可爱，心想：不知这位是不是传说中的词女呢？

后来，文艺圈流传这样一首词，赵明诚看后哑然失笑，原来那天看到的就是李清照啊。

点绛唇·蹴罢秋千
蹴罢秋千，起来慵整纤纤手。
露浓花瘦，薄汗轻衣透。
见客入来，袜刬金钗溜。
和羞走，倚门回首，却把青梅嗅。

这次是一个成功的拜会，李格非对这位博雅聪明的年轻人颇为满意。多方打听，得知他家世背景与自己旗鼓相当，而且博学多识、沉稳又忠厚，并非如别的高官子弟浮浪，除了与其父政见差异，两人确实是天造地设的一对，心中的东床快婿早已属意于他。

赵明诚从李府回来后做了一个梦，梦见自己读了一本书，书上曰："言与词合，安上已脱，芝芙草拔。"他故作百思莫解状，向其父求教，其父赵挺之一下子明白了儿子的伎俩，故意不说破，捋了捋胡子打趣的说:"这句话合起来是'词女之夫',看样子,你命中注定要是词女的丈夫了!"

赵挺之和李格非虽是同乡同朝为官却无往来,但他们之间有一个共同的熟人兼同乡——晁补之。晁补之经常去李府做客,深知清照才情横溢容貌俱佳,他向赵挺之力荐李清照。再加上李清照与赵明诚彼此都心生好感,就这样,赵李两家一拍即合,才子佳人强强联合,缔结良缘。

婚后的李清照与赵明诚情投意合,每日研究金石书画,赌书泼茶,日子和和美美。第二年,李父官场失策,因党羽之争锒铛入狱。情急之下,李清照上诗公公赵挺之,希望他能营救父亲。因政见不同,加上赵挺之为了保住官位,他选择视而不见。最后李父被罢官,逐出京城。这让李清照心凉不已,发出"炙手可热心可寒"的谴责。这种违背封建礼教的行为并不多见。由此可见,李清照的性格大胆刚烈。

好景不长,赵挺之在官场激烈的斗争中落败,赵挺之失势,几天后溘然长逝。赵明诚在这场斗争中也因此受到牵连,辞官回归青州故里。这一隐居就是十年。

二

十年间,也是李清照最快乐的日子。昔日门前车水马龙,如今长门冷宫,春草青青,李清照更感叹世事骤变,人情冷暖,更加珍惜隐居生活。她把自己的家命名"归来堂",把自己的居室取名为"易安室",把自己的号改为易安居士,没有外界干扰,她和赵明诚琴瑟和鸣,过着岁月静好的生活。

十年后,赵明诚被起用,去莱州做官,李清照独居青州。夫妻二人常常互通书信,把写好的词寄给对方赏析。

有一次,李清照又把新作寄给赵明诚,赵明诚看后赞赏不已,自愧不如，但又不甘心自己比妻子文采差，于是闭门谢客，废寝忘食三天三夜，写了五十首诗词。他把李清照的词夹杂在自己的作品里，拿给好友陆德夫看，好友再三玩味说："只有三句堪称佳句。"赵明诚问："哪三句？"好友说："莫道不消魂，帘卷西风，人比黄花瘦。"赵明诚这才坦言："这三句正是我的妻子易安所作。"由此可见李清照才情超群。

靖康元年，赵明诚调到淄川做官，李清照也随居淄川。那时时局动荡，金兵入据中原，攻破都城汴京。不久后青州也陷入乱军之中，李清照青州的家惨遭洗劫，十余间房屋里的金石书画等藏品失窃无数，这让赵李夫妇心疼不已。

此时山河破碎，黎民涂炭，但这并未影响到两人的甜蜜生活，两人苦中取乐，心境淡然。

李清照四十六岁那年，赵明诚病逝，从此李清照开始了孤身飘零的下半生。

三

赵明诚死后，李清照一介女流独木难支，想起以前"相向怅惋者数日"的甜蜜生活，她常常感怀凄楚境遇，渐渐从一个幸福的少妇变成怨妇，老妇。经常独自喝闷酒，酒醉了就写诗。这首诗就是在百无聊赖飘零尘世中所作。

声声慢·寻寻觅觅
寻寻觅觅，冷冷清清，凄凄惨惨戚戚。
乍暖还寒时候，最难将息。
三杯两盏淡酒，怎敌他、晚来风急！
雁过也，正伤心，却是旧时相识。

满地黄花堆积，憔悴损，如今有谁堪摘？

守着窗儿，独自怎生得黑！

梧桐更兼细雨，到黄昏、点点滴滴。

这次第，怎一个愁字了得！

此时，她再也不是那个初婚时甜蜜的少妇，集美艳与才情于一身，而是一个多愁善感的寡妇。一个人在黄花堆积的季节，独自挨到黄昏，听着风吹雨打声入睡。

长夜漫漫孤寂难眠，这种落寞的日子什么时候是尽头啊！

赵明诚死后，家中仍有不少藏品，常招来小人和盗贼，生活不再清宁。有一次，皇帝赵构的亲信王继先欲以低廉的价格收购她的藏品，李清照哪里肯把丈夫的遗物出售，宁死不从。幸好得到当官的表兄帮助才得以脱身。

李清照四十九岁这年，被生活折磨得身心疲惫，孤苦飘零中，欺侮时至，流言四起。一个寡妇，无儿无女，在国破家亡的宋朝，生活举步维艰，下半生何去何从？谁能给她提供一个温暖的港湾？这时媒人恰到好处的出现了，给她力荐了一枚小鲜肉——张汝舟。此人虽是小官员，却被媒婆夸成了一个谦谦君子。

李清照动摇了。她一直渴望有人为她撑起头顶的蓝天，于是就与张汝舟结了婚。婚后才发现张汝舟是个小人，他看中的并非是李清照本人，而是她身边仅存的金石书画和财物。除此以外，他还对李清照暴力相向。她苦不堪言，最后忍无可忍，向官府告发张汝舟贪污虚报的恶行，请求官府判他们离异。当时军务吃紧，官府很快处理了此事。

按宋朝法律，妻告夫，即使胜诉仍需服刑两年，但因李清照与朝中宠臣綦崇礼沾亲带故，他从中帮忙，李清照只被关了几天就获释放，算是因祸得福吧。

算了算，她和张汝舟的婚姻仅持续一百天，算是闪婚，还没开始就结束了，如烟火迅疾。此时李清照年过半百，贫病交加，国破家亡，心中悲愤不已。

这时她已经变成爱国诗人，常常写词表达自己的拳拳赤子之心，呼吁宋朝统治者和子民不要摇尾乞怜，站起来抗击侵略者。"但说帝心怜赤子，须知天意念苍生。圣君大信明如日，长乱何须在屡盟。"满心期待之后，她很快失望。

山河破碎，故园缥缈，憧憬依旧是梦境。她变得淡然了，不以物喜，不以己悲，顺其自然吧，她再无余力管别的事情了。

五十一岁这年，李清照终于过了一段平静的生活。这段时间，她开始整理她和亡夫多年的心血《金石录》，整理、校对之时，常常精神恍惚，眼前依稀出现赵明诚的身影，定睛一看，四壁空寂，形单影只，哪里有丈夫的身影？不禁长叹：明诚啊明诚，还是你明智啊，早早的离开战火纷飞的世界，留下我一个人，在这世上艰难的生活。

多少次，想去你的坟边大哭一场，奉上一炷香，摆几碟小菜，与你共饮。不知你的坟上，如今可长满了荒草？

悲伤过后，她又埋头校对。终于整理完了，李清照长长地舒了一口气，总算完成了丈夫未完的事业，了却一桩心事。晚年李清照，虽然夫死身零，但精神层次始终孜孜追求，借词遣怀。此外，她还举办学堂，把自己的才学传授给更多聪慧女子，但世俗崇尚"女子无才便是德"，她并没有在这上面获得很大的成功。

纵观李清照的一生，从中可窥探宋朝的变迁史。李清照的一生都紧紧与宋朝命运相连。如果丈夫的死是造成她半生飘零的因，那么无能的宋朝统治者就是刽子手，扼杀了她下半生的幸福。身为那个时代的风云人物，政治环境注定了她悲剧的一生。

第二辑　恋冬忆雪

长长的路，慢慢地走

友说，这样的日子过得太普通了，写作让我越来越任性，我想离开小城，去看看外面更广阔的世界。

我说，世界很大，风景万千，也许外面有你从未见过的风景，但安于当下，过平淡的日子未尝不是一种快乐。

曾经，我是多么任性，一直想浪迹天涯。生活稍不如意，就背起行囊远足，无论走多远、有多苦都不嫌累。

现在，我只喜欢偏安一隅，看庭前花开花落。

那天，朋友问我，如果外面有更好的收入，你会辞职吗？我说，不会，我不喜欢漂泊的感觉，不想离开熟悉的地方，去追求踮起脚尖才能够着的虚幻。为了生活的幸福，努力奋斗，收获成功的喜悦，这固然重要，但我更喜欢做花开季节里的赏花人。

人生最幸福的事情，就是活得更像自己，按自己喜欢的方式过一生。碌碌无为也好，出类拔萃也罢，那不过是世人的定义。我不要没有幸福感的人生，我不想做那个寂寞寡欢的人。

人生路上，几多雨疏风骤，几多无可奈何花落去，哭过笑过痛过累过，不过都是转身即逝的风景，睡一觉醒来，一切又都是草木悠然，花朵叠叠。

飘飘间游走前世今生，让漫天的流云带走半生的风雨蹉跎。那些无法改变的事，就让它顺其自然；那些无法遗忘的人，就让它淡然于心；那些无法释怀的情，就让它过眼云烟。

漫步人生路，经历尘世的风风雨雨，纷纷争争，特别渴望，有一个舒适的环境，没有聒噪，没有尔虞我诈，没有互相防备，你能理解我的苦衷，我亦能体谅你的难处，不用提心吊胆担心对方心有城府，绵里藏针，我们笑靥微微，心事清宁。

有时候，回头看看曾经走过的路，不堪回首，真的很难相信，自己就这么坚持走了过来。那段无助的时光，寂寞是那样清澈，彷佛走在暗夜的幽谷，一不小心就掉进深渊，看不到前方的路，细锐的疼痛如樱花飞落。到鬼门关闯了一圈，我又回来了，将荒凉的往昔，弹成一地落英缤纷。

俱往矣，一切归于平淡和幸福。

那些岁月风烟弥漫过的地方，即使被苍凉抚尽，也会晨光引路前方，亦会有明月引回归途。

漫步人生路，我依旧喜欢孤独，像水一样，在离群索居的生活里静静流动。静夜，风吹百草香，初升的月影和新生的绿，让我着迷和欢喜，于是，舒眉，浅笑，坐拥着初见端倪夜的温和，喝一杯清淡的茶，听一曲旧时的歌，写下大段的文字。

花深夏浅，风物清长。五月遍地都是流动的绿风。江湖深远，简静红尘，走过日月山川，心像花朵一样安静。一些回忆，那么轻，那么凉，在袅袅的风里开出宋词的清幽。被笔墨晕染的无数个晨昏，飞鸟相还归于檐下，斜风曼舞，花开婷婷，小小的喜悦便漫过来。有个可以倾诉的朋友，有刚好够花的零钱，有个自说自话的小空间，有这样妙趣横生的生活，就足够。

生命中，多少人来人往，缘聚缘散，到头来不过南柯一梦。陌上行走，一程又一程的擦肩而过，一程又一程的山水相逢，不过都是花开花谢的风景。

人生就是相逢与错过，幸福与失落交错的过程，如果所有的故事都是圆满，所有的情谊都能过尽千帆，人生的画卷又怎能浓淡相宜？那些途径的岁月，辗转的风景，缠绵在时光里，散发着暖暖的香。我们都是红尘之中奔走的拾荒者，将散落的时光捡起，安放在文字里。

夜深了，人醒着，陌上花开，岁月温柔，光阴照旧。在每一个沿途欣赏风景，在每一个季节栽培希望，用恬淡、简单的心过安稳的人生。

愿今后的日子，千山不独行，明月来相送。

安静一隅，花香伴夏来

光阴温良，岁月生香，四月，不知不觉过去了，还没有来得及细细欣赏，转眼春之将老。

初夏，像一只淘气的小猫，冷不防向你扑来了，东一下，西一下，一不小心，扑个满怀。在你痴迷的红尘里，暖暖的，香香的，将你扑醒，顿时觉得衣襟带香，眉间风致楚楚。清风贻荡，吹面不寒，空气中弥漫着浓郁的花香，风拂发，拂颈，拂过裸露的手臂，清清爽爽，轻柔如纱。

周遭安静，静得能听到树叶落下的悉索声，我踮起脚尖，闻一棵花开的树。一簇簇雪白的小花，在初夏的阳光下绽放，开得明艳而热烈。那个时候，我和这些花儿一样，心怀感激，感恩时光的深情且长，无限温柔；感恩鸟语啾啾，蔷薇窃窃，让我在这个微风轻起，白杨绿柳的日子花香盈怀。

早上很热，像是初试小夏。穿了一件白色棉质旗袍，上面绣了一朵好看的竹枝，嫩绿飘逸，气质一下子来了，瞬间觉得自己就是那个身段好看的女子。这样的暮春，这样的初夏，事事如意，晴谷艳阳里又喜添了清欢。

厨房的水盆里泡着红透了的番茄，西瓜切成了小块，可爱的樱桃鲜艳欲滴。锅里，煮着一碗白粥，咕嘟咕嘟地轻响，米香袅袅。素白瓷碗，沁静清爽，喝一口软糯香甜的粥，瞬间感觉有了人间烟火的暖。

这个季节，是地球的小长假，阳光柔和，花叶舒展，一切都刚刚好。窗外隐约传来车声人声，仿佛模糊又遥远。人生本应"淡观山水闲看月，只读诗书不念愁。"我们很难永远幸福，但可以每天生活在幸福的瞬间里，比如此刻，初夏的风吹过窗台的花儿，吃着初夏的水果，穿着初夏的裙子。

我对身边的人说，记住此刻的景象，待到冬天去想念。每个季节，都有它独特的美丽，只要我们心里装着温暖和花开，人生处处都是樱落如雪，花香染衣。

忙碌两个月，错过了灿烂的樱花，等闲下来的时候，却盛开着更多的花海。风是柔的，云是淡的，陌上杨柳堆烟，温柔清婉，万物向美，暖阳倾城，一切都是我喜欢的画卷。

五月来了，故事开始作序。我坐在水岸繁花里，目光温柔。蒲公英花开在我的眼里，一朵沉静，一朵羞涩，另外一朵，楚楚动人。花开正盛，明黄的颜色格外引人注目，我对它们说，你，你，还有你，都开得好可爱，真美好！我没有陆苏家开满蔷薇的院子，也没有白音格力家长着老杏树的村子，但我有属于自己的诗意花园，在百花争妍的时节，一路寻花问柳，住进江南诗意的五月里！

四月已尽，暂无归期。情悠悠岁岁年年，别被日子磨了灵性。晶莹剔透的故事才刚刚开始，它带着一串串诗句，凝结着一朵朵时光花，在指尖开落，在字里行间化作朵朵蝴蝶，翩然起舞。绿杨柳里白沙堤，人间五月，我已化作青石巷里那个踽踽独行的女子，有着丁香般的颜色。

五月，就是这样的吧，山青花欲燃，一切都是明媚的。褪去繁杂，让一切变得简单，安静，文雅，自成景致，有水墨干净的特质，有遗世独立的风骨。文字还在，温暖浪漫的情怀还在，一袭青衫，相融于眼前空阔的山水，一双慧眼，将前尘往事看穿。愿你眼里有光，心中有爱，掩埋昨日的风沙，我们一起住进五月的童话里。

佛前的一朵莲

夏日傍晚，清风寂寂，明月皎皎，湖岸缓步，足音轻轻，步履淡然。一池的莲，在月光下摇曳，多么想，撑起一方舟子，荡漾于莲藕深处，筝音作伴，明月为邻。如水的夜晚，醉人的江天，思绪如水荡漾开来。

一直以为，莲是属于江南和佛前的。而佛前的莲，自有一番禅意和清韵。莲出淤泥而不染，佛俯瞰烟火凡尘和众生，莲和佛一样圣洁。

我的前世，定是那旧时如莲般的女子，一身素衣，淡雅娴静，生于柴门陋巷，长于山野之地，那时我与莲最为亲近，我爱莲成痴。沐浴山风，听山林鸟语，泛舟于莲叶之间，掬一捧清冽的水，小舟微荡，惊起一滩鸥鹭。

修行路上，百转千回。我们不知道，下一刻，会遇见谁，未来沿途，将会有怎样的风景。我们满怀希冀地寻找，自度，在尘世里忙忙碌碌。每当夜晚来临之时，我们轻轻拂去脚底的尘土，拂去两肩的疲惫，静静梳理自己的内心，让心如水静谧，让心游弋于莲叶之间。那一刻，才是真正的自己，卸下了盔甲，以一颗婴儿般的心打量着自己和这个世界。

盛夏骄阳，寺宇生凉，梵音袅袅，时光悠远安静。这样的日子，山长水阔，一切都是苍翠的模样。采一朵莲，插在佛前。听梵音空灵，享一方平静。纷扰的世事，于佛前止步。万千忧愁，于佛前诉说。佛不语，佛微笑，佛曰：不可说。心中淡然，万事成空，浮光掠影里，远去的只是背影，留下的才是永恒。

如莲的光阴，日子简静。看风起，雨落，花开，花谢，一切都是那么自然而然。风物长情，就让一切，淡淡地来，静静地去。坐于盛夏的时光深处，不经意间，你会遇见一朵莲开，一处蝉鸣，一片蛙声，一缕清风。向来喜欢简单，就这样，静静地坐在时光里，把万千的烦恼抛诸脑后，把纷繁的内心度成一朵莲花，沁静，自持。

于佛前端坐，一木鱼，一蒲团，一身玄衣。一缕阳光穿窗而过，轻轻打在那朵莲上。粉色的花瓣泛着柔柔的光泽，那是我们绽放的青春。

忽而，我仿佛听到了莲开的声音。它打着呵欠，努力的伸展花瓣，以最美的姿态绽放。佛的嘴角，泛起一抹慈悲的微笑，仿佛因这盛开的莲花愉悦，因这宁静的美好而感动。

地上，是阳光斑驳的影；窗外，有蝉栖于梧桐，有燕子悠然掠过屋檐，有清风从远方赶来，带着灼热的温度，卷起佛前的那朵莲，像极了生活的拍打。

流年里的一切，并不都是岁月静好，偶尔惊涛拍岸，把我们的梦想打落了一地，我们怀着湿答答的心情寻找，寻找我们曾经遗落的梦。我们何时放弃过追逐？何时放弃过自我救赎？在一朵莲花里，在佛的慈悲下疗愈自己。我们都是虔诚的信徒，把自己的心托付给佛，希望他能把我们渡到鲜花满地的彼岸。

其实，无论春风，秋月，夏雨，冬雪，无论是岁月静好还是饱经风霜，它们都不过是我们沿途的风景。无论怎样，我们都应淡然处之，物我两忘，永远保存内心的纯净与丰盈。

雪漫倾城，纯白了时光

  总是期待，下一场像样的雪，干净，热烈。期待，雪花漫舞，将大地覆盖，我的世界变得清清白白。雪来听雪，寒江落日，安静的冬天，温暖的记忆里便有了落雪的远方。

  冬天，是一首最美的诗，它不像秋，才来就逃遁得无影无踪。它有自己的脾气，待花事韵尽，冬就银装素裹，美成花开，静成纯白。雪蕴清凉，寒冬枝头暗香浮动，且与时光嗅梅香。

  扉页上的心愿，已在半叠岁月里浸染上色泽。我在琉璃素白的时光里，写下一行浅浅的小字，采一缕霜雪入画，晶莹透亮，像签收的书信那样，温暖恬静，透着微微的凉。

  走过多少春夏秋冬，才能丈量出红尘的深远。洗染往事，将一檐时光过得清浅恬淡。

  我在等待一场干干净净的雪，等到雪漫倾城，看一朵朵雪花，姿丽飘逸，洁白素雅，轻轻落在肩头，像一个精灵。落在掌心，缱绻轻灵，冰清婉滢，指尖染了微微的凉。

忽然之间，怕风，吹走美好的记忆，怕雪，带走浅浅的欢喜。那些马不停蹄地追赶，终究归于成全，迎雪而立，有一种雪落梅绽的释然。苍穹之端，天空之下，白雪皑皑，纯白了时光，温柔了岁月。

冬天，有点太漫长了，寒江天外，像是换了一种生活。风仍凛冽，朝阳下，色彩渐淡，鸟儿整理羽毛落在窗台。季节越走越深，这一程，我走得很浅很浅，在云淡风轻里守一檐安妥，在烟火深处沉迷。

如果一念成真，风雪飘然兑现，须臾间直抵天涯。那我一定珍惜，这猝不及防的一场雪事，把日渐消瘦的时光丰盈，把一影一景写成一纸斑斓。

没有雪的冬天是寂寞的，当飞雪漫天，寒梅吐蕊，回首寒风中踽踽独行的自己，你会发现一切等待都是值得的，走过冬季，才能迎来春光。

秋尽冬来，风吹来雪的希望，等在雪季边缘，天地浑然一体，余生漫长，时光微凉，等待风伴飘雪的日子，唯美又浪漫。

冬天的雪，是藏匿在书页间的风，是你眉间的叹息，是红尘烟火，也是你温暖的牵挂……雪漫倾城的日子，时光在指尖跳舞，轻轻收集季节遗落的芬芳，地老天荒，红尘浅渡，把往后余生，过成安然。

好想遇见一场雪，缥缈又凌乱，纷纷扬扬起舞着。天地间寒冷彻骨，心里却透着小欢喜，每一朵飘飞的雪，都是轻盈的梦，落在远处是素笺，落在心头是沁凉。每一个梦都是一个念想，圆满着最初的迫切。像久别的故人，陌生着熟悉，如尘封的旧事，零落着完整。一朵朵，一片片，在眼底，在心里，开出了晶莹的雪花。

世界到处在下雪，而我只能在这想雪。北方轻雪飞扬，南方芦花皓首，浅水凝噎，已然有了冬天的模样，但雪还在路上，离这很远很远。行囊已备好，心事已装订，当我走近你，驻足在雪花盛开的地方，从你的世界路过，你是否会唤醒尘封，将断了的光阴重新缝补？将淡远的繁华盛世铭记于心？

记忆的梗上，谁不有，披着雪花的回忆？每个途经的地方，每个擦肩而过的人，或匆匆，或风雪兼程，而最终，各自抵达别处，对岁月来说，记得，便是一朵最美的雪花。

　　白雪皑皑，倾城又倾心，雪是冬天开成的花朵，鸟雀的脚印一行行，寻觅藏匿深处的味蕾。落雪若花，雪花落在你的诗文里，总有人，为美好停留。

　　爱雪的女子，一定是冰清的女子。轻轻铺一纸小笺，留下浅浅小字，写给寒日，写给冰雪，写芦荻俯首的苍茫，写雁去碧蓝的长空。岁月如烟波轻逝，有白马西风，有湖光倒影，有风和雪兼程。天将晚，阳光藏在黑夜身后，白雪被月光召唤，一路蜿蜒，点缀着梦一样的江南。

　　炉火蒸煮着浅浅熄灭的光阴，夜悠长，雪花簌簌纷落，将你的枝头染白，大雪倾城，层次分明，一场旧事轻易被掠夺走，置于厚厚的松雪下。那截无悔灿烂的时光，是翘首以盼的明媚，也是历经风雨后的悲壮。是一枚铭记，一种深刻，也是一朵芳华。

　　年越来越近，念越来越暖。所幸，岁月有的是时间，还可以继续遇见美好。愿你有诗，也有远方。愿你有梦，也有畅想。愿你无论我知道不知道，余生里都是眉眼带笑。

时光住处，摇落岁时秋

中秋过后，日头一天比一天短。阳光时而热烈，时而和煦，到了今日，终究抵不过秋的汹涌，开始远去了。

早晚的寒凉告诉我，秋来了，带着一身冷露。

一直偏爱秋天的光景，安静淡远。即使是白天，傍在草丛里的秋虫也不安分，时不时传来唧唧声，舒情怡然，声声亦婉。飞鸟跟着附和着，一起打开秋日的心扉。

长空灰白，天阴秋风疾，槐树叶在空中翻飞，栾树的花也是边开边落，地上堆了一层浅浅的黄花，悠然如歌。

这个寂静的秋，于是变得有声有色。

每次路过这些草木，都觉得它们已住在心里，从此心里长出云白风清，长出蒹葭苍苍，长出关关雎鸠。

从此我像植物一样呼吸，有着草木一般的气息，与天地融为一体。

从此布衣长发，竹杖芒鞋。与云烟相依，沾染一身淡然。

秋风写意，温良舒适。时间尚早，少有人语，也无人扰。闲来读书一两页，清润双目，久坐半日竟不知疲倦。

　　一天之中总有一些空白时光是留给自己的，像国画里的留白，素静而悠远。这一刻，放下了柴米油盐，放下了尔虞我诈，身体变得很空很空，像风中的竹，轻轻摇曳。

　　夏秋交替，雨一日，晴一日，冷瑟瑟。几番流转，秋便深了。

　　树影日渐消瘦，几片透黄的叶子，脉络分明，倏尔，落下。

　　秋风瑟瑟，花儿多情，这是个矛盾的季节，多了果实的香甜，却又有落叶的凄美。

　　看着落叶完成使命，不舍地飘落。

　　这难以忘怀的情意。

　　这难以割舍的血脉相连。

　　叶离开母树的时候，我想它是痛的。尽管来年又萌新绿，毕竟不是原生，而是下一世的轮回了。

　　痛又何尝不是人生的必修课。人生就是痛苦与快乐交织的过程，因为有痛，才更会珍惜相聚时的快乐。

　　所以，我要珍惜这世间的快乐。岁月多好啊，风也温柔，云也快乐，秀丽着秋日的华章。

　　行走于秋日的阳光下，温暖得想要触摸这段美好时光。一颗恬淡的情怀，一份安然向暖的心，几行清瘦的文字，穿过了季节的凉薄，氤氲出简单而优雅的人生。

　　一直贪恋，林间小径的清幽与蜿蜒。沿着一路旖旎，在风起时，醉在无边秋色里，携一程时光，与阳光对视。

　　仰望，微笑于心，暂时放下心中的万千琐事，放下矜持，放下断章残词，将自己置身事外，放肆地拥抱这秋色，伸手触摸阳光，空气，风……

　　喜欢一个人安静地漫步，让心依着凉凉的风，看时光清清浅浅划过肩头，看盈盈碧水间，那抹葱茏的明媚。

最喜欢这样的光阴，不急，不躁，不紧，不慢。喜欢秋日的阳光洒在身上，很轻很轻，有一种舒适的暖。

喜欢这时光里的宁静，如在古刹幽涧，充满空灵的禅意。喜欢秋天的温婉，它像一个静坐如茶的女子，端然，遗世。

天高云淡，只是未见南飞的雁。坐在凉风的窗前，泡一壶茶，安静落座，不去想，那日日劳碌的辛苦，不去理会成败与追问。我只想做一个平淡的人，关上小院的门，避开车马喧嚣，在心中修篱种菊，幽山问茶，古道寻禅，让诗意在心中疯长。

我用心感知这世间的美好。风来，有叶片滑动的声响，簌簌的，诉说着季节的清欢。风去，温凉舒适，袅绕着诗意情长。

曾读了这样一段文字："一杯酒，半是糊涂，半是清醒。一抹笑，半是凄楚，半是无恙。一转身，半是潇洒，半是无奈。"

或许人生就如此般人生，很难趁心，生活，很难如意。烟火之内，谁能免俗？不如用心享受每个秋晨与日暮，把阳光和花种在心上，任清风游走在岁月里……

时光可以沧桑容颜，淡化记忆，变换风景，但改变不了恬淡明媚的心境。你若一直坚守，它断然不会丢失。

陪你，恋冬忆雪

窗外下雪了，纷纷扬扬，天地间白茫茫一片，像起舞的精灵，冰晶婉滢，缱绻深情。赏雪，须在絮雪纷落时，风吹，雪起，如飘落一地的思念，至纯，至美，让人心醉。

也许，每个人心里都住着一场雪，无论是春日的遥远还是冬天的寒冷，只要有一场轻柔的白雪，冰天雪地里都能开出花朵。

岁末，迎来一场小雪，盈盈白白，淡淡挂在枝头。终于等到飞雪倾城的日子，却要与时光优雅告别。岁暮，流年似雪，时光静好，这一路，悲喜交织，有诗和远方，有风雨兼程，千帆过尽，所幸初心依旧。

一直以为，只要有雪落的地方，便是我温暖的远方。走在水瘦山寒的光阴里，等待一场絮雪纷飞。窗外，是千秋雪，窗里，一帘梅花，一副冰清玉洁的样子。我喜欢雪的纯白柔软，亦喜欢梅的冷香和清雅。等风等雪等梅开，梅雪相遇，恰似故人久别重逢，道不尽的美好和欢喜。

漫长冬季，浅浅而行，尽管与你隔山隔海，亦能风雨同舟。光阴细美，从秋水长天走到冬日飘雪，不知不觉，就走到了季节深处，身边的人来来去去，离开的越来越多，留下的越来越少。所以，请珍惜那个与你走过岁月山河，长情相伴的人，你若懂得，我便幸运，在这纯白的冬季，陪你，恋冬忆雪，走着走着，一不小心，染了霜花，白了头。

雪，一朵，两朵，三朵……像洁白的天山莲花，带着季节的信笺，飞越千山万水，纷沓而至。雪落山川，落在河谷，落在古村，落在一草一木之间，暮霭沉沉，天地一片澄净，万事万物都跟着隐遁消弭，六道似乎也变得清净。与其说雪点缀了万物，不如说雪洗涤万物，因为这一场雪，一草一木都变得傲然而有灵气。

"应是天仙狂醉，乱把白云揉碎。"暮光落尽，我在一片月白里望无垠霜天。雁鸣几声，皓月绕梁，寒梅凝香，瑞雪映着月光，照亮身前的树和身后的影。岁寒时节，抵挡不住时光匆匆的脚步，身影蹉跎，我依旧是那个踽踽独行的追梦人。难得有这样的时刻，没有牵念，没有拘束，只有简单，愿简单是你的唯一，染白空旷辽远的冬季。愿霜雪无言，相守以后的岁月。

拾捡散落一地的时光，细数时才惊觉，已经到了岁末，冬季似乎也走到尽头，皑皑白雪还在，风吹梅落，花瓣在雪中再次绽放，艳丽莹润。北风刮过群山，不再凛冽，而是温柔轻盈，走在雪里，似乎没有那么冷了，我知道，即将迎来一场春暖花开了。那些雪藏的情怀，冬天里的围炉夜话，"晚来天欲雪，能饮一杯无"的醉意，已然成昨。

人生浮沉，季节变换，似乎只是一盏茶的时间。拽着雪的衣角，希望时光慢一些，再慢一些，然而流年似雪，岁月依旧如轻烟飞逝，所以我们要认真珍惜地活着，淡看前尘往事，埋首未来。因为我们知道，错过了冬日静美，还会有春暖花开，试着让自己云淡风轻，不迎合，不媚俗，努力活成自己想要的样子。以寻常之姿，去低眉山水，简单就好，深情活着。

回首，山河故人，人间值得。余生，你我温柔相待，陪你恋冬忆雪。

余生漫长，愿与岁月深爱

　　小时候盼望长大，后来才明白，不盼望也会长大。长大后，怕自己会老去，结果是，即使害怕，自己也一样会老去。原来，这一切都是那么身不由己。所以，从现在开始，不要再活得那么纠结，走出去，踏雪寻梅，去感受雪舞梅香的优雅；邀一程素月，把酒话桑麻；沿着一段叫做缘份的小路，寻找一处淡暖清欢。

　　过去的耿耿于怀，记得放下，继续前行，因为前面还会有更好的风景，更深的情谊，更好的人儿。

　　岁月翩然，盛大而隆重，唯有用心感受，才能体会人生的真谛。无论是春暖花开，还是海棠微雨，抑或是人淡如菊，花红雪白，都是生命里最清喜的味道。

　　守一段清欢，静待流年。虽然，这个冬天凉薄了些，可是，雪花飞舞又何尝不是别样的风情？

　　岁月烽烟起，光阴娴静，我们在轻雪落痕的流年里行走，这一程，悲喜与沧桑结伴，琐碎与烟火交织，那些水墨飞花，依旧在流年里落笔。

从春花念到冬月，从晨曦念到暮雪，经年的故事，已经长满岁月的青苔，多少春花飘零水自流，多少沧海化了桑田。陌上的冷风，依旧吹落绽放的寒梅，时间像古旧的柴门，吱吱呀呀响个不停，我与时光把酒言欢，与往事握手言和，以平常之心，与余生邂逅。用一笔一画，一针一线，书写锦绣年华。

人生，去有去处，苍有归途。岁月如歌，唱着一路的悲欢离合，聚散别离都是故事，如此，笔下的每一次感悟，都是人生最美的修行。

冬，蛰伏许久，终于可以把心放逐天外，对着阳光微笑，在梅园中奔跑。岁寒时节，抵不过冬日的斑斓。凉冬静美，飞雪千年，萧萧落木，旧时书卷。那些温柔的文字，历经千年时光，泛出淡淡的香，惊艳了我的眼眸，颠覆了我的城，像开在雪野里的冬花。所以，人生最刻骨铭心的回忆，从来都不是在春暖花开时。

有人说，余生，让自己开成一朵花吧，去带给别人欢喜和美好，让花一样的文字，安静而阳光，不偏向谁，结成一张温暖的网，洋溢着幸福和欢喜。

每天，都要学着微笑，并不是因为多么快乐，而是不想让忧伤住进来；让温暖的阳光，暖去心底不知名的凉薄；让洁白柔软的雪花，点缀冬天的温柔浪漫。身在尘埃，心在云端，余生，好好爱自己，向美而生，朝着远方去旅行，去看那美丽的风景，去寻找梦想的归宿。

日去月来一天，花开花落又是一季。岁暮回首，过去的已经过去，未来已经在路上。这一年，走得太匆忙，还没来得及细赏沿途的风景，时光就忽而收回了手。渐渐地，学会独立，告别依赖，学会了风雨兼程，学会对曾经软弱的自己说声再见。站在时光的门楣边，学会拈花微笑，慢慢变好，活成自己喜欢的样子，才是给自己的最好的礼物。

生命短暂，愿我们不悲不喜，只念春暖，不记冬寒，向阳而立，心有远方，在安静恬淡的时光里，勾勒出最美的今天和明天。挥别过去，送走满满一载，终于迎来崭新的篇章，我在轻雪纷飞的江南，隔着天涯，写一阕残章断句，与往事道别。静静栖息在文字深处，挽住岁月枝头的一剪寒梅。

都说岁月无情，只有有情人才能读懂它的情深，走过多少荆棘，踏平多少坎坷，总有一个人，陪你细嗅花香，看落日烟霞，悲欢不弃，结伴而行。

我途经的山河岁月，清远，近幽，遗世，婀娜，开成一朵洁白的莲。请相信，你所付出的情深，岁月一定深情还你，愿未来，所有的美好都应运而生，愿你的生命，是一场永不凋谢的花期。

或许，人生本来就是一场重逢与错过，聚也罢，散也罢，不过是缘起缘灭，一念之间，转身一别两宽。走过多少春夏秋冬，心境也渐渐豁然开朗，变得淡泊宁静，自得其乐，愿岁月厚待，赐予你的尽是温柔，愿时光带走，终有一天会成全。

岁末，冬来过，雪来过，手拈往事，静品茶香。且将新火试新茶，诗酒趁年华，无论对过往有多么不舍，都要学着放下，因为未来还有无限可能，有很多希望和梦想，我们要享受当下的时刻，用莞尔的笑意，让祝福盈香。余生漫长，请与岁月深爱。

落字为约，执笔问君安

越来越觉得，时光飞逝，留不住刹那芳华。转眼间，冬季过了一大半，这一年也走到了尽头。还来不及回头望，未来已经把行程塞得满满当当。日子一天天过去，缄默无声，没有喧哗，没有热烈，蹉跎而单薄。无论你承认与否，开心与否，舍得与否，时光还是像留不住拽不得的飞花逐梦，握不住的流沙。

小时候，我们可以肆无忌惮地打打闹闹，现在，我们依然可以就着月雪长聊。冬日的夜，朴素清欢，像打翻的墨汁，又黑又清寂。屋内，红红的小火炉燃烧着，我和你诉说着家长里短，人世沧桑。大雪知天冷，日久见长情。感谢流年里的相遇，感谢一路上有你的陪伴。人能相遇，已属不易，心灵若相知，更要去珍惜。遇见你，从此，我便忘了江湖，收了脾气。

恰如其分的遇见，如一季的花盛开，是春风十里的欢喜，是巴山夜雨里的秉烛夜话，是烟花绽出月圆的人间烟火。

有人说，所有的遇见都是一种偿还。所以啊，我们今生能够相遇，一定是前世彼此亏欠，至于这份缘分什么时候结束，半分不由人。我始终相信，缘分自有天定，无论怎样开始或结束，只要曾经拥有过，就不去纠结结局如何，在相遇的日子里，一起做个善良的人，不要相互伤害，可好？

时间真的会改变一个人，至少，它改变了我。遇见你，我喜欢上了笑，喜欢上了明媚，喜欢上一切能让我变得温暖又美好的事物。你就像冬日枝头的那一剪寒梅，芬芳着我的世界。我虔诚许愿，余生还能再相见。哪怕流离百世，迷途千年，也愿。

人生的每一个阶段，都有不同的人陪我们走这一程，一程山水一程年华，每一程过后，都会有像天使一样的人，渐行渐远了……日子，过得好快，去年，你还说，要陪我看今晨的雪，今年，你的归来变成了期待，一如当初期待今日。

以前觉得，人生最大的幸福就是能够与有缘人相遇，现在却觉得，人生最大的幸运是久别重逢，彼此能够站在冰天雪地里，把未说出口的话说完，把没做完的事情做完，能够牵手一段往事。然而，这种幸运真的太难了，可遇不可求，毕竟大多数人的缘分，命中皆有定数，即使你朝夕期待已久，也未必能如愿以偿。

每个人的一生我们都只能借一程，这一程过后，便再无交集，再不相识，无法当初彼此是多么的情深意重。

人生一世，草木一秋，谁也躲不过命运的多情赠予。而我，是烟火里的一粒尘埃，小心翼翼地整理我们的故事。

越长大越明白，世事无常，人生有太多让我们无能为力的事情，故而，在戏剧化的生活里，我们开始变得越来越感性，越来越懂得理解和宽容。

此刻人间，这般良辰美景。大雪倾城的日子，喜欢站在雪树下，看枝头轻轻摇曳，落下一地冰花。看落雪轻吻你的发，看月光不曾苍老，看你嘴角未散的微笑，你，倾城雪颜，人间烟火，温暖了我的岁月，希望和你能一直这样走下去，走下去……

我想要的幸福就是这样的，温和从容，岁月静好。抬头，遇见阳光，低头，闻到花香，喝茶读书，不争朝夕，让平淡的日子过得安静又从容。

遗世独立，折梅问雪，就让风带走我的故事。在禅意时光里，站在流年的门楣边，素手拈花，闲来写诗，铺一纸梅花小笺，落几笔浅浅小字，执笔问君安。

一直不太擅长关心人，哪怕是一句简单的问候，对我来说都很难。很多时候，沉默的看着身边的一切，我总是那个不容易动情的人。一直喜欢一个词：浅喜深爱，浅浅喜欢，深深爱。因为喜欢很浅，所以你无法察觉，因为爱得深沉，所以总是无言。

日子丰满，世界还是聒噪，有你在，一切变得美好。我愿意以爱之名，写下去，纵使千山暮雪，也此情不绝。

做一个温暖的女子

冬,轻轻一跃,就来了。山川变得静谧,大地隐于寂寞。冷,让身体寒风彻骨的凉,一切温暖的颜色,美味的食物,仿佛都能给空气增添一点儿的暖。冬季,唯有饱腹,才能抵挡寒凉,唯有岑寂,才能让心清醒。

我在斜阳巷里,炊烟相候。冬简静,人也素净,没有纷繁的杂念,没有欲望的牵绊,时光悠悠,不是欢喜,就是忆旧。这样的日子,真好。

光阴,日复一日地轮回,如流水易逝,弹指,已是百年。我自欢喜度日,一个人,一壶茶,一丛炉火一盆绿植,将摇曳的心事说与东风,让思念在回忆里缠绵。

夜深,倚窗小读,一双倦眼,暗香浮影,寂静瑟瑟生寒。清静的日子,安静的生活,一切都按部就班地过着,不为所扰,不被牵绊,像一朵静静的白莲,兀自芬芳,让自己拥有云淡风轻的底蕴和涵养。

做一个温暖的女子,将岁月赐予你的悲欢离合,调成一杯醉人的美酒,自饮自酌。把一切删繁就简,将凝重过成轻松,将复杂写成简单,将沿途的风景，安放在清浅的时光里，宁静相伴，天涯各自安。

雪意渐浓，冷却了山川大地的温柔。目光凝眸处，是远的我不能达到的地方。看流水悠悠，看斜阳脉脉，我轻轻闭上眼，在冬日的王国里打坐，将岁月里的悲喜阴晴与东风缠绵。触摸似水年华，有温暖和花香从指尖流进心底。

心魔即魔，有时候，无法做到洒脱。越不过心的疆界，就无法达到禅意的殿堂。试着让自己，不再在意怨恨和失落，成败与追问。

没有羽扇纶巾，没有千军万马，我坐在内心的城头，看日光下的村庄淡淡生暖。阡陌交错，鸡犬相闻。心底如山涧幽谷，流水潺潺，如绝境里生出幽兰，安静，芬芳。渐渐地，便找回了丰沛圆润的自己。

人生最幸福的事，就是做回自己，不谄媚，不逢迎，不张狂，亦不自卑。你有你的底线，我有我的原则，有我的骄傲。无法选择的事情，就一切顺其自然。

那些伤害我们的人，让我们学会宽容，淡然于心。那些帮助我们的人，让我们学会感恩，彼此浅浅相知，淡淡相守。盈一怀素，携一抹冬日暖阳，漫步于冷冷海岸。

温馨流年，恰似绿蚁新醅酒，红泥小火炉。晚来天欲雪，能饮一杯无？只要有人陪，有人懂就好。

红尘漫漫，熙熙攘攘。每走一步，都会尘土飞扬，有的尘土落在了身上，有的落在眼里，还有的落在心上。想洁白素净的生活，成了美好的期许。人的一生年华有限，在意太多会累及身心，不如练就强大坚韧的内心，笑对每一个晨钟暮鼓的日子。

做一个简单的女子，闲闲时光，读书，喝茶，发呆，侍弄花草，写一行小字，落笔为安。见字如面，一字一字，写的是平常，寻的却是高山流水的故人。

相约冬季，一窗流年寄天涯

　　清晨，我坐在窗前看书，桂花树的虬枝凑到窗前，绿叶似眠非眠，给我送来了一抹葱茏。窗外剪剪清寒，阳光轻轻洒着柔情蜜意。几只小鸟在不远处叽叽喳喳商量着今天该吃什么早餐。树下有孩童经过，鸟儿瞬间四散飞向天际，像迎风起舞的精灵。

　　江南的浅冬，时光未老，心念未央，阳光依然安寂明媚，树木葱茏，百草还是茂盛的样子。

　　听闻，北方已初雪，握着清风捎来的书信，遥想雪花飞絮的流年。恋冬忆雪，许多人畏惧冬天的寒冷，畏惧漫长冬夜里无边无际的萧索和寂寞，我却独恋冬天的温度，贪恋漫天飞舞的雪花，拥被而读的时光，雪屋暖茶，枫桥边的渔家灯火，慵懒的被窝，还有冬天街边的烤红薯。

　　它们都是季节送给我们的礼物，带着欢喜和收获，送给我们满满的祝福和期待。山河寂静，朴素如诗的日子，我喜欢穿着厚厚的羽绒服，戴着围巾和手套，走在被碾压过的小路上，浅浅走，慢慢行，在雪地上印下美丽的印记。

雪来的时候，飞鸟入寒林。目光所及，不见白云，不见阳光，寒风没有了树叶的牵绊，从早上到黄昏，不辞劳苦，飞越万水千山。

天空变得辽阔高远，冬，瞬间有了一种无法言喻的况味。石板街，老房子，柴堆里一条慵懒的狗，雪屋里一杯温暖的茶，一丛旺盛的炉火，定格在光阴深处。记忆中的老南瓜，远了，淡了。

时光被拉得长了又长，霜雪归隐寂寞，一切都尘埃落定。万事万物都有所依赖，有所结局，我却总是在太迟的时光里，感知季节的变迁。陌上花开，梁上燕子呢喃，层林尽染都已随风飘远，只留下季节的光影，和转身的流连。

众鸟高飞尽，孤云独去闲，走近那万径人踪灭的古道，总是太渴望柴火的气息。那袅袅炊烟让我怀念一生，那时才知大地如此厚重辽阔。我在雪地里，将往事掩埋，将时光里的闲情絮语，铺成一纸洁白的信笺。诗心悠然，禅意娉婷，紧握手中的温暖，在一剪清瘦的时光里，筑一个青涩的烟雨梦。

如果没有风，便没有冷漠。冬天，唯有果腹的食物带着远方的体温，搬运着光阴的记忆。收藏一枚经年的雪花，夹在书的扉页，做成季节的书签。冰冻一段情话，等到春暖花开时，说给你听。

久坐，窗前漫漫炉烟，晨钟暮鼓，稽首皈依，时光在哪？刹那风云里，你是否看见，岁月的悲喜与阴晴？世间种种不过聚了又散，且歌且行，驿站里一季又一季，天涯咫尺明月。

山岚脉脉，隐约缠绕，寒风拂过眉心，留下一抹凉。山与水，天与地，色泽分明，美得纯粹而清澈。心静，清净，将复杂剔除，将不舍抛弃，简单而自持。与世界，与他人，只有隔着不远不近的距离，才能体会到内心真正的需求。

万千繁华，不为所动，不为所扰，生活可以简单一点，再简单一点。

无论晴雨，无论风霜，我都洒然，都无惧。

岁月悠悠，红尘嚣嚣，一季又一季的始末，一笔描不尽斜阳夕照，草木霜天。安心于现世安稳，青衣素雅，步步生莲，水云间，红尘远，执著一颗寂静的心，埋首于古今的旅途。希望自己心怀澄明，又有糊涂的欢喜。

惟愿我所追求和向往的，在多年后，无论经历多少变故，都会变得笃实坚定而又慈悲温柔。等到谈及往事，泪眼婆娑时，仍旧可以与自己的心拂雪长谈，笑意盈盈。

四时之冬，心素如简

秋声渐远，时光凉了，落叶缤纷不愿冬，聚了又散，告别了枫叶荻花秋瑟瑟，万事万物仿佛都在一场声势浩大的秋声里作别往事。

夜深了，周围安静了，蛐蛐仿佛不愿打破夜的清寂，叫声渐歇。转眼进入浅冬，万里飞霜，落木萧萧，鸿雁南飞，天瞬间空了，地瞬间旷了，心也跟着变得空旷，高远。一切往事，像薄雾散开。

人的一生不过是一场宿命的安排，无论精彩还是平淡，最终都是奔赴轮回的尽头。拨开云雾缭绕的往事，心同秋水，不惹尘埃，轻轻拂去眉间的哀伤，展开明媚的笑颜，感受时光的朴素与温良。

一直以为，人的一生如四季，少年如春，生机盎然；青年如夏，花开娉婷；中年如秋，淡看流年；晚年如冬，饮尽寒霜。走过风霜雨雪，万水千山，终于懂得放下那份执念，放下红尘的熙攘与牵绊，做一株静静的白莲，用淡淡清香，填满每一个良辰佳期。

冬，适合围炉夜话，适合捧一卷诗书，拥被而读；适合把酒话桑麻；适合在秋天珍藏的落叶上轻轻写满诗行……很多人不喜欢过冬，不愿承受冬的凉薄，害怕彻骨的冷逼至内心，害怕自己抵挡不住漫天孤独。我却喜欢冬的素简，质本洁来还洁去，把大自然的赠与悉数奉还，一切都尘埃落定，一如人生。

我眷恋冬雪，每一个冬天伊始，我就开始期待一场絮雪纷飞。独立轩窗，看窗外几度冬寒，看梅花飞谢，游云远近。光阴如绣，蔓草生香，这样的时光永远过不够。将青丝轻轻挽起，眉目如画，坐在庭院中，闲坐思绪悠悠，享受落满阳光的暖，听一首能够放慢时光的曲子，泡一杯热腾腾的红茶，享受难得的清宁。

红尘熙攘，唯有历尽尘劫，才可以远离大千世界。许多时候，我们无法随心所欲，无法依心而行，多少旧事都付笑谈中，一切随了落花流水去，如四时浅冬，沉寂，落寞。

有人说，人生一世，草木一秋。来如风雨，去似微尘。是的，人生如花谢花开，恍如一梦。辗转蹉跎过，才知岁月无情，光阴如梭。常听人说，如果我再年轻十年，我怎样……可是，人生哪有如果呢？

花谢花会开，春去春回来，人生却没有回头路，我们就这样在四季轮回擦肩，等到花谢时，才慌了神，匆匆向岁月道一声珍重。那些烟雨辽阔的相遇，或浓或淡。流年深深，淡走红尘，笔记清欢。那些泛黄的纸张，还在诉说昨天的故事。翻开斑驳的昨日，看到被时光折叠的往事，湿了眼眶，润了心扉。

天若有情天亦老，无情未必决绝，只要记着，彼此初见时的微笑就好。那些错过的时光，人已渺渺，往事了无痕，对谁都不要怪罪，开始与结束，圆满与遗憾，都一样美丽。

一直以为，人生是一场美丽的际遇，如同高天遇上白云，枫叶遇上秋天，仅仅一抹红，就耀眼了整个秋季。

多想做个清风朗月之人，有着超然的洒脱与傲然，不惧光阴仓促，不惧尘世拘束，不为琐事惊扰，提一壶桃花佳酿，饮尽日月精华。

又过了一年，这个冬天，愿你有酒可温，有人可依，愿你淡定执著，谢绝繁华笙歌。愿你删繁就简，放慢脚步欣赏沿途风景。愿你粗茶淡饭如珍味，一生有山可靠，有树可栖。与心爱之人，春赏花，夏纳凉，秋登山，冬扫雪。

秋无言，静美如诗

　　立秋过后，植物开始收敛，逐渐显出颓势，蝉鸣不再那么聒噪，人们的脚步也逐渐放缓，开始享受难得的宁静和凉意。

　　每到这个时候，心有点慌张。时光一去千里，一年就这样过去了。春天立下的宏愿，到秋天才实现一半。收获的季节，唯有在每个晨钟暮鼓的日子努力，才能不留遗憾。

　　送走欢笑嬉戏的夏天，迎来江山如画的金秋。出门有清凉的风，空气中若有似无的花香熏然于心。每个清晨，给心留一处空白，让阳光和诗意住进来，不求生活时时精彩，只求每天以一朵花的姿态优雅前行。

　　慢慢地，学会释然，学会调节，将自己隐藏，让负能量逃遁得无影无踪，让一切风轻云淡。

　　南方的天，依然有夏天的影子。白天，依旧穿着夏天的衣衫，只是早晚明显秋凉了。

　　时光清浅，听着耳机里循环着轻柔的音乐，一时间，感觉所有的美好都如花绽放。

秋风从屋檐下吹过，送来阵阵桂香。徜徉在这温柔的时光里，一个虚拟的空间，一份浪漫的情怀，让我爱上了四季的秋天。

轻风推窗，远天的云朵仿佛长了翅膀，轻轻飘进我的窗里。看落叶一地金黄，静静地，轻轻地，不惊，不扰，蓄满辽阔的秋天，与古旧色调一起构成秋日之景。

拾一枚红叶，凝望着细细的脉络，好像生命的纹路，从起点蜿蜒着走向终点。轻轻握在掌心，把深深浅浅的金黄印在心上，把落满阳光的秋陌放进心里，把时光种在泥土里，开成秋天的童话。

不知何时飘下的花瓣，层层堆叠在阶前梧桐树下，还没来得及拾捡，便被一阵阵秋风带走。

"未觉池塘春草梦，阶前梧桐已秋声。"岁月如歌，一曲起，一曲落，四时之景不同，心境也不同。如果没有四季变化，那生活该有多么无聊。

正因为有变，生活才有那么多精彩，才有那么多悲欢离合。

岁月不会亏待任何人，你给它热情，它还你温情。

南国的秋，还有植物大片葱茏着，只有少数对秋敏感的树，叶子半绿半黄着。此时故乡的秋，一定是风摇叶落，荒草离离了吧。

北方的秋来得特明显，夏秋转角的时候，季节分明。不用刻意到田野去看，你只需往家门口一站，看到树上挂满了火红的柿子，就知道秋来了。

故乡的秋很壮观，乔木的叶商量好似的，每天都大朵大朵落下。拾荒的老太太，不厌其烦地去小树林里扫落叶。蓄满的枯叶，冬天用来做柴烧。

风去叶落，一年一度。

叶落在水缸里，落在粮柴堆上，落在屋顶，落在我头发上，蓊郁的植物在秋曲中开启新的旅程，夏日的汹涌瞬间变成了秋日的安静。

绵延的小河上，再也没有了鱼虾的热闹，鸭子也不光顾了，各自回巢享受难得的宁静。

白云在蓝天里荡来荡去，篱笆稀稀落落。暮色四合，炊烟袅袅，妈妈的呼唤声清脆又响亮。

我笑得很明媚，听到呼唤后急忙跑回家。

阳光暖暖，岁月珊珊。那时不知天地辽阔，总觉得时光很长，日子很慢，感觉秋天总也过不完。

如今回首，感觉自己傻得可爱，竟然觉得时光漫长。是不是小孩子，心里都在编织着长大的童话。

秋色无尽，喜欢明媚的阳光，抬头可以看见七彩的光圈，像泡泡，像彩虹，像儿时做过的梦。我拥着云淡风轻，看流水悠悠，看斜阳草树。此时光阴婉转在心上，开在眼底，有一种不可言说的美。

树叶缝隙间有阳光，疏疏密密，清风拂过，摇落了一地，像游来游去的小银鱼。

落在身上，像彩色泡泡在空气和绿叶中飘荡。

回眸，秋叶纷纷，秋风凉。白云轻飘，落叶满山，与秋天牵手，相约在荻花瑟瑟的路上。什么都不用说，什么也不去想，听风吟竹林，鸟鸣山涧，看山长水阔，天地寂静。

听听远去的火车声，看凝着露水的落叶，回忆夏天吃过的雪糕，所有的温暖都破土而出。

时光清浅，季节轮回，当记忆划过心田，一抹感念在尘世中摇曳。

岁月也许有些凉薄，时光也许让人遗忘，但入了心的快乐是最美的回忆，在落笔处生出几朵素花，风中静默，轻灵，暗香。

第三辑　惟愿相逢

你本丰盛，你本富足

身边经常有人说某某很精明，精打细算，从来不吃亏。她说这句话的时候一脸崇拜的样子。每次听后，我不禁莞尔一笑。精明，什么时候变成一个褒义词了？曾看到这样一段话：有远见的人，走的都是笨路。这世间，从来不缺聪明人，缺少的，一直都是有眼光有远见的笨人。苏州作家蒋坤元便是这样一个有远见的"笨人"。听到他的名字，大智若愚，谦和低调……这些词语映入脑海。

身边有朋友对我说，我最讨厌接触糟老头儿，一肚子江湖，唯独喜欢蒋老师，他干净、儒雅，知世故而不世故，让接触他的人感到舒服。古语云"君子温润如玉"，应该就是蒋老师这样的吧。

蒋老师是一名儒商，他一边经商，一边写作，从写作至今，已出版三十一本书。最精彩的是他创业的故事——《四十才是青春》，这本书记载了他创业的过程。

当初他骑着摩托车去阳澄湖买地，被人当成笑柄。现在他买的几十亩地市价翻了N倍，嘲笑他的人都沉默了。人们总是喜欢嘲笑第一个吃螃蟹的人，崇拜成功的人，唯独忘记了他们奋斗的过程。借款买地，建厂房时的艰辛，经济危机惨遭滑铁卢，办厂遇到种种陷害与阻碍……其奋斗故事能拍成一部精彩的电影。

古人云："古之立大事者，不惟有超世之才，亦必有坚忍不拔之志。"创业之初，投资三千万，四处借钱，举步维艰，身在这个处境，需要魄力。

他说，以前在家没地位。刚开始他跟阿舅跑供销，一年才赚十几万。而他的妻子，在一家公司做副总，收入是他的好几倍。2000年年初，她就开着自己的小汽车上班了，他却还一事无成。

当时他在镇政府做会计，没过多久，遇到裁员，下岗了。离开单位当天，天空下着蒙蒙细雨，好像在为他流泪。没有事业，遭人鄙视，他心里十分失落。后来他重整旗鼓，买地，办厂，写作，一样不落下。艰难的时光终于熬过去，他终于完成了梦想。

现在，国家一级出版社公费出版他三本书，他很开心。新书预计年底上市，封面已经设计完成，很唯美，看起来很高端。开心之余，他仍然坚持写作。他有两个公众号，一个是《正翔语》，一个是《去看佛》。每天五点左右，他准时发布文章。他亲自排版，设计，像对待自己的孩子一样，努力呵护，不离不弃。

此外，他还给贫困山区捐书、捐款，默默奉献。有一次，他把这事写在日记里，信佛的蒋夫人责怪他不该公布于众，因为行善积德是好事，功德无量，说出来就不那么虔诚。他后悔不已。

偶然间得知，他还在学日语。他的勤奋好学，乐善好施，让他熠熠发光。现在他在家中很有地位，无论大小事情家人都先征求他的意见，最后让他来把关。

在儿子眼里，他是一个好父亲，仁慈，坚忍，宽厚……他为儿子做了很好的榜样。在妻子眼里，他是一个好丈夫，不花天酒地，不乱花钱，在家勤做家务，信守诺言。

有一次，他下班去小餐馆吃饭，点了一瓶啤酒。那店老板认识他，见他吃穿这么朴素，就打趣他说，你都这么有钱了，也不去大酒店，那么节约做什么啊。他说，他是从苦日子过来的，一顿饭，能吃饱，有营养就行。二十元能解决，为什么要花好几百呢？浪费钱也损功德的。店主听了佩服不已。

他的车，是一辆很普通的面包车，生活中，他很节约，从不乱花钱，但对他人，却舍得付出。他为灾区捐款，去寺庙祈福，吃斋念佛，为信仰奉献身心，一个人灵魂高尚丰盈，才不会有暮气。

他资产丰厚，儿子儿媳都是青年才俊。有人羡慕他的富足，我却觉得他的才华和人品最值得欣赏。厚德载物，一个人富有，必定有承载财富的能力，必定是福德深厚之人。

林肯说：一个人四十岁之前不美丽，是上帝的失误，四十岁之后仍不美丽，错误在于你自己。随着年龄增长，我们不再年轻，但内心丰盛的人，仍气宇轩昂，面相柔和。愿所有人都能像蒋老师那样，内心丰盛，富足，心有桃林，四季春天。

终有一天，她活成了想要的模样

　　小隐是新生代作家，中原女子。四年前，因为朋友的一句话，一张水乡的明信片，她毅然辞职，从郑州南下，来到梦中的江南。江南，多么美好的词。读着它，仿佛唇齿都留着桂花香，仿佛来到这里，自己也变得像水一样温柔。鳜鱼肥，稻花香，烟柳画桥，寒山寺钟声袅袅……她一下子迷上了这里，也许，她的前世就在这里生活过吧，所以今生才会来此寻觅。

　　她找了一份工作，在一家公司做文案，业余时间写作，弹古筝，侍弄花草，周末去园林拍拍照片，日子平静而有趣。得知她坚持写作，同事打趣说："那么努力写作有用吗？生活，还是接地气点好，每天做作家梦，现实吗？"她微笑，不语。不解释，不否认。因为，生活，自有它精彩的安排，一切随缘，她不强求。

　　她曾说，她是小燕子和紫薇性格的综合。独处时，她很安静，一个人也能耐得住寂寞；群居时，她亦能和别人打成一片，大大咧咧，嘻嘻哈哈。说完她笑了，眼睛微微眯起来，像一条小鱼，眼尾充满迷人的风情。

来到苏州不久,她就交了几个知心朋友。那时她经常去园林演出,表演古筝,也去看别人表演,一边看,一边听曲、喝茶,她像一个好奇的来客,打探着苏州的一切。坐公交车时,望着窗外的花海,她会痴迷;看着古木参天,她会迷恋。散步时,走在古老的巷子,她能感受到时光的深情。她的书里,记载了江南生活的日常,一切小确幸。这些小美好,写都写不完,她要用余生的时光,去发现,去珍藏。

渐渐地,她不再自卑了。日积月累的努力,终于开花结果,她的书被资深出版人看中,公费出版。全国发行两个月,销量超过一万册。一个新人,有此成绩已经很不错了。她坐在窗前,捧着新书,看着电脑上敲打的文字变成铅字,此刻,这些字仿佛纸上盛开的花朵,令她无比雀跃。多少年的坚持,多少次别人都劝说放弃,她仍然保持初心。

文字,你得很爱它,它才能很爱你啊!

想起年幼时跟在母亲后的那个小尾巴,她是那么瘦小,软弱。学习成绩不好,没有考上高中,去读了中专。在学校里,大部分人都散漫,迷茫。她也一样,对未来没有信心。

她的专业是绘画,学了以后发现,自己还挺喜欢画画。习画时,她很安静,心不再生出杂念。此刻,世界是寂静的,她遗世,独立,屏住呼吸,静静感受艺术之美。

后来老师也惊奇地发现,这位同学文化课虽然不好,但挺有艺术天分。

后来,她得遇机缘,考上郑州一所大学。她大部分同学,中专毕业后就直接工作,极少有人继续读书的。她很感激,母亲的坚持,恩师的不弃。因为有他们,她才能在大学里发现更多精彩。

她时常怀念那时的时光,还有故乡的小院,时常想起,爱唱戏的父亲爱听豫剧的母亲。他们给了她爱的滋养,艺术的熏陶,在她迷茫时,有远见的父母继续为她找学校读书。也许那时，命运就注定了她今后要走艺术的道路吧。

有人说，永远不要放弃学习差的学生，他们只是不会考试，却不一定不会经营一生。的确如此，那个自卑的小女孩，如今活成了自己喜欢的样子，真好。我们每个人都有迷茫的时候，如果找不到方向，就坚持自己所爱，终有一天会让自己闪闪发光。

雪中之梅，且以深情共此生

  有时候，看着一些上了年纪的老人，在自家门口眯着眼睛晒太阳，安逸舒服，时不时睁开眼看看来来往往的行人，或者把晚年交给麻将，在氤氲烟雾中度过余生。每当此时，我无数次设想过自己的五十岁，心中暗暗发誓：我的五十岁，一定不要过这样的生活。
  今天我要写的是一位叫雪梅的女子，她今年五十二岁，但是她给我的印象，如同三十岁的女子，身上充满活力，把日子过成了诗。雪梅本名春香，因为出生在百花盛开的春季，父亲为她取名叫"春香"。寓意春天里百花香，人生如花一样美丽芳香。
  认识雪梅有两年，虽然她比我年龄大十几岁，但看上去很年轻，我一直称呼她为——雪梅姐。
  雪梅姐的家乡在安徽省枞阳县，现定居上海，她是浦东新场镇文学社社员，爱好文学，她的文字经常发表在今日头条、《文乡枞阳》《枞阳社区》《风雅枞川》《红罗山书院》《文学百花苑》《齐帆齐微刊》《正翔语》等公众号平台。

她的文章曾荣获首届苏门山杯全国征文大赛优秀奖，文学百花苑首届全国征文大赛二等奖等奖项，也曾获得《红罗山书院》《文乡枞阳》平台优秀奖。她是文学百花苑作家联盟特邀作者，《今日头条》认证作者，她也有自己的公众号平台，名叫《雪梅微刊》。

她不但爱好文学，还喜欢黄梅戏，偶尔登台演出，曾获浦东新场镇文化艺术节戏曲大赛三等奖，业余时间喜欢在《全民K歌》软件与戏友们合唱。

当少女邂逅军官，爱如潮水势不可挡

雪梅从小跟爷爷奶奶一起生活，有两个妹妹一个弟弟，父母皆是平民百姓。虽然不是书香世家，可也是小康人家。据祖父说，老祖宗几代都是书香门第，官至二品。几代以后，到爷爷这代，家道中落，但是她和弟弟遗传了祖辈喜欢诗书的基因，是个超级书虫，文科成绩很好，理科成绩很差，眼见考学无望，便弃书回乡，与文字相伴，自得自乐。

1986年，雪梅十九岁，经人介绍，她认识了一名军人。他1984年入伍，在上海虹口区一个部队当兵，在连队开车兼做文书工作。活泼温婉的雪梅从小就崇拜英雄，喜欢军人，顿时对他心生好感，他亦对她一见钟情，加上两家在同一个镇，经常走动，感情越来越深。

那时，雪梅在镇上开了一家超市，生活条件还可以。同年8月，雪梅到上海游玩，便在那小住一月，也是在那时，他们确定了恋爱关系。

回到安徽后，两人书信往来频繁。从他的书信中，她便知，他是一个非常有才华的男人，不仅写得一手俊逸的钢笔字，还擅长书法，会写工整的蝇头小楷，行书也如行云流水般飘逸。除此之外，他还喜欢文学，经常与雪梅写信谈古论今。雪梅对他更加爱慕，两人感情迅速升温，很快到了谈婚论嫁的地步。

但家人极力反对与他来往，因为他家庭条件很不好，雪梅从小娇生惯养，父亲担心女儿嫁过去吃苦受累。而且他英俊潇洒又有才华，姑姑和父亲都规劝她，这种男人不容易留住，将来容易被别的女人惦记。

1987年，他们发生了一段小矛盾，雪梅远离家乡去了南昌，在姑姑那里小住。在父亲和姑姑的劝说下，雪梅打算放弃这段感情，一是因为雪梅看出他有自私的一面，觉得与他性格不合；二是因为，他家庭条件不好，父亲担心女儿嫁过去吃苦。

就在雪梅在南昌安心上班之时，他突然出现在姑姑家。当着姑姑的面，他发誓会一生一世对雪梅好，不让她吃苦受累，并求姑姑帮忙说情，给他一个机会。本来心中就放不下他，这下雪梅动摇了，她对姑姑说，无论怎样她都要和他在一起，人不会永远穷一辈子，只要踏实努力，日子总会越过越好。

1988年8月1日，他们在上海举办了简单的婚礼。首长是证婚人，在部队旁边的饭店，和战友们开心地吃了一顿饭。当时只有两桌人，虽然没有现在婚礼的豪华，可是在部队结婚，对雪梅来说新奇又意义非凡。只要幸福就好，排场只是一种形式。

他们过了一段岁月静好的时光。几年后，命运转折，她经历离婚、三次手术。一次是生小女儿剖腹产，一次是输卵管积水切除，一次是节育手术，前后挨了三刀。从此身体一落千丈，好在雪梅的母亲尽心对她调养，才慢慢好转，但元气已大伤。

雪梅心里仍放不下两孩子。离开他以后，雪梅在她儿时的伙伴帮助下，去了安庆一家私人烟酒批发部上班，虽然工资不高，但雪梅善经营之道，把这家生意做得红红火火，老板从来不来店里，仅雪梅和老板的女儿在打理，店内还有几个送货的员工。老板从她女儿口中得知雪梅的能力，接连几个晚上都请她吃饭，但有一天雪梅感觉到老板别有用心时，雪梅连当月的工资都没要，就辞职了。

上海，给了雪梅梦想和家

其实，雪梅的父母一直叫她呆在家里，但雪梅不想连累父母，为了远离痛苦，她和一乡友来到了上海浦东，住在乡友出租屋里。论辈分，她是雪梅的三姑。

雪梅很快找了一份在羊毛衫厂上班的工作。工厂不仅工资低，而且任务繁重加班多。雪梅从小没有吃过苦，在那里第三天便晕倒在生产线上，为此领班还说她"小姐的身体丫鬟的命"。纵然委屈，但人家说的是事实啊，只怪自己不争气，她只能自责。后来雪梅总是头晕，最终支撑不住辞职了，那个私企老板没有给一分钱工资。雪梅说，如果是现在她肯定维权。

辞职后的雪梅，因想念家人和孩子，日渐消瘦。乡友看在心里疼在心上，给她买鱼买肉炖汤，开导她。后来雪梅身体好转，乡友又介绍她到一家酒店做后勤。雪梅不愿做服务员，当时她觉得太卑微，从小到大都是家人的掌上明珠，骨子里的傲气不容她低头。她选择做了勤杂工，在二楼服务区，烧烧开水、整理果盆、酒杯。

有次雪梅在整理包房酒具时，发现座位上有个包，第一时间交给在吧台收银的老板娘。老板娘打开一看，里面是一叠百元人民币。第二天，客户才来找包，老板娘如数奉还。客户抽出一叠钱答谢，被雪梅拒绝。事后老板娘表扬了雪梅，并号召全体员工向她学习。那个丢包的客户是建筑公司老板，后来他在外夸这家店员工素质好，带来很多客户，渐渐地这家店生意红火起来。

因为此事，老板给雪梅另加了工资，并且把店里所有的钥匙都交给雪梅。在这里，雪梅认识了一个本地女孩，她们同住一个宿舍，比雪梅小八九岁，雪梅常照顾她。早晨洗衣服的时候，也顺便把她衣裳洗了。因此，那位本地女孩很尊敬雪梅，口口声声叫雪梅为阿姐。

雪梅并没有在这家酒店呆多久，快过年了，她思念女儿心切，就辞职回乡。她还是想留在家乡，舍不得孩子。从上海回去后，她又在铜陵找了份工作，但因收入不高，不久又踏上了去上海的路。

再次来到上海，她身上仅剩两百元，无处落脚。这时，之前在酒店认识的女孩，她母亲得知雪梅的情况，便腾出家里的房间让她安心住下。

早些年有人曾给她算过命，说她会有贵人相助。回想起来，可不是么，每次走投无路都会有朋友挺身而出。对于阿姨的雪中送炭，雪梅感激不尽。后来经阿姨推荐，她认识了现在的老板娘，一个努力打拼的70后上海女子。老板娘为人低调，善良、平易近人，诚信经营酒店，对雪梅如同自己的亲姐姐，处处关心、帮助她。她在老板娘经营的其中一家餐饮公司上班，公司承包机关单位食堂，她来做管理，一做就是十多年。

雪梅说拥有这个美好的平台，离不开老总的帮助和知遇之恩，她以真诚之心、努力工作回报她，曾经好几家餐饮单位高薪请她，她都婉言拒绝。她说，做人得懂知恩图报，是老板娘在人生低谷时，对她伸出了温暖的双手。

离婚以后，雪梅的感情一片荒芜，因为前夫较优秀，她眼里再也容不下别人。她有女儿陪伴，更喜欢一个人生活，便拒绝亲朋好友给她介绍的对象。直至2002年，为了女儿的前途，经人介绍，她才嫁给了现在的丈夫——一个老实本分的上海男人。

小女儿在上海长大，读书，工作，青出于蓝而胜于蓝。她从小能歌善舞，曾在上海电视台表演，与主持人豆豆合过影。大女儿在家乡读书到十七岁，因疏于照料，缺少父母陪伴，没有考上大学，毕业后来到上海工作，后来与一名上海小伙结婚生子，日子过得倒也平静踏实。

现在的雪梅，筑梦工作两不误，人生没有太晚的开始

雪梅想重造一套属于自己的房子，改善居住环境。建造房子要很多钱，当时她身上只有二万元。她向娘家及亲戚借了一些，还是没凑齐费用。朋友听说她造房子，没等她开口，亲自将钱送到她手里。老板娘要借给她十万，她不想欠太多人情，最后只借她几万。平时她很喜欢帮助别人，性格开朗，待人真诚，关键时刻，还是这些朋友来帮她。

雪梅喜欢文学，最初，她在家乡平台投稿，后来便投一些文学公众号。其作品不仅屡次获奖，在简书，还得到不少赞赏。其中有篇《50岁的我成了80后齐帆齐的学生》一文被推荐到简书首页，仅赞赏就有几百元。平时，她喜欢写散文，文笔优美飘逸，单从文字看，很难想象出自五十岁老太之手。

她经常参加浦东新场文学社的活动，虚心好学，大家很喜欢她。一个作家看了她的作品，建议她把往期作品集结成册出书，还给她推荐了出版社，雪梅开心不已。她以为此生与"作家"二字无缘，没想到晚年有此惊喜。好人有好报，这就是雪梅的福报啊。

现在她有一个幸福的家，有两个贴心的女儿，可爱的外孙，还有一堆朋友，她已经很知足了。其实，这一切幸运的背后都隐藏着不为人知的努力。

有人说，人生最大的贵人是自己。确实如此，如果你不够努力，不够谦和，不够勤奋，又怎能遇到贵人呢？

五十岁的雪梅活成了三十岁的模样。多少同龄人，在邻里之间讨论着鸡毛蒜皮的小事，拿着退休工资数着剩下的日子。回忆过去，恍如隔世。她希望伤她的人，生活幸福，因为爱过，而且他还是两个女儿的爸爸。

毕淑敏说，岁月送给我苦难，也随赠我清醒与冷静。我不相信命运，我只相信我的手。我不相信手掌的纹路，但我相信手掌加上手指的力量。

是啊，有些磨难，必须自渡。

琼瑶，雪莲花一样的女子

　　严歌苓说，成为一个作家 50% 靠天赋，30% 是努力，20% 是技巧。一直以为，写作需要天分，再稍微努力一下，就能成为韩寒第二。读琼瑶《我的故事》，才明白，大神也有自我怀疑的时候，即使有文学天赋，也要付出百分百努力才能达到胜利的彼岸。

　　琼瑶出生在书香世家，父亲是位教育家，母亲是位大家闺秀，工琴棋书画。耳濡目染之下，在她四岁的时候就表现出惊人的理解能力。

　　有一次，母亲在私立学校给学生上课，小琼瑶在旁听。这"私立学校"其实是一间破庙。由于战乱，学校的课业被迫停止，很多大龄的孩子没有读过书，琼瑶的亲戚便办了私立学校，母亲受聘于此。这些孩子九岁左右，从来没有读过书，母亲负责教一年级的课程。

　　在教《慈乌夜啼》其中有这样两句话："夜夜夜半啼，闻者为伤心。"尽管她解释半天，这些孩子始终不知所云。她开始怀疑自己的语言表达能力。情急之下，母亲对琼瑶说："凤凰（琼瑶的乳名），你知道什么意思吗？"琼瑶冲口而出："知道呀。"遂按自己理解的意思表述一遍。

母亲惊呆了,也是这时候,母亲发现了她的文学天赋。

琼瑶应试教育成绩很差,除了国文,她对数理化一窍不通,前后参加两次大学联考,都名落孙山。母亲鼓励她来年再考,她死活不同意。

对她来说考大学就是一场恶梦,在她的书中,曾经对大学联考这样描写:就在我开始认真的、考虑我的"未来"时,母亲已打起精神(我二度落榜,她受的打击比我还重。)鼓励我明年去"三度重考"!母亲这种越战越勇的精神实在让我又惊又佩。可是,在惊佩之余,我不禁颤栗。我眼前立刻浮起了一幅画面:就是白发苍苍的老母,搀着也已白发苍苍的我,两人站在"大学联考"报名处的门前,老母还在对我苦口婆心的鼓励着:"凤凰,你还年轻,考了五十年,考不上又有什么关系?你还有第五十一次!"这画面吓住了我。

为了证明可以靠写作养活自己,她每天不停地写,把自己的得意之作投稿,最后都被退回。她不死心,又陆陆续续地写,然后鼓起勇气再投稿。她把甲方的退稿再投给乙方,乙方的退稿再投给丙方,英国作家杰克伦敦称这种退稿再寄为"稿子的旅行"。而她的稿子,却是在"周游列国"后"回家",退回、邮寄、再寄,光邮费就花了不少,更别提赚钱了。她一再怀疑自己,是不是没有天分,是不是走不了写作这条路。

和庆筠结婚以后,没有房,没有固定工作,生活捉襟见肘。婚房是一间租来的废弃小屋,冬冷夏热,雨天漏水,空间狭小的只能放下一张简陋的小床;厨房也非常简陋,只能容下一个人。

她是一个有严重小资情调的人,生活贫困,她只能把浪漫的情调深藏,唯一没有放弃的就是写作,那是她生活的全部希望,有了写作,她可以在象牙塔里继续做着一帘幽梦。但很长一段时间,根本没有杂志社用她这个无名之辈的稿子。

贫贱夫妻百事哀,丈夫庆筠的薪水只够家庭二十多天的开支,每个月总有几天会饿肚子,因此,她对自己靠写作赚钱的想法一再怀疑。母亲本来就反对她的婚姻，反对她写作，现在看她生活窘迫更加生气。

庆筠薪水微薄，文学梦没有实现，母亲不支持她写作，退稿，怀孕生子，偶尔加上丈夫的打击，这么多事情如乱麻一样纠缠着她。她的内心充满了自卑、沮丧、怀疑，甚至想结束自己的生命来赎罪，觉得自己一无是处。想用写作赚钱养活自己，以为这样就可以祈求父母的原谅，原谅她这个女儿没有给好强的父母带来荣耀，可是她失败了。一个高中生，没有一技之长，在台湾根本找不到体面的工作，更别提买房买车、诗和远方，只有眼前的苟且。

丈夫庆筠是中文系科班出身，他的梦想也是当作家。在琼瑶的小说偶尔见报端时，他总鄙视她的文笔，称她的文章只有故事没有文采。这时琼瑶会说：是的！我文采不好，但我有稿费！你却连故事也写不出来，没赚一分钱！

后来丈夫有出国的机会，尽管琼瑶怀孕，对他有百般不舍，他还是毅然登上了飞机。当飞机腾空的刹那，她心如刀割。临盆的时候他也不在身边，她把孩子生在了娘家，和母亲轮流照顾儿子小庆。小庆昼夜啼哭，她还要伏案写作，心力交瘁，直到儿子蹒跚学步，庆筠才从国外归来。这一路的孤独和辛苦，即使今天，也非寻常女孩所能忍受。

经过几年的打磨，遇到伯乐平鑫涛，她才打破写作瓶颈，稿酬也越来越丰厚。可是这种收入不能持续，一旦她停止写作，或者没有内容可写，又会一贫如洗。伯乐平鑫涛一再鼓励她：你可以的，你的写作生涯才刚刚开始，你有能力一直写下去！琼瑶不相信自己，这时平鑫涛坚定的对她说：写！每天输出！她鼓起勇气，在生活所迫和平鑫涛双重压力下，同时创作好几部小说，在台湾《皇冠》杂志连载，一时间万人空巷，效益本来不好的《皇冠》一下子成为炙手可热的杂志。

同时她的多部作品被拍成电影，当拿到丰厚的酬劳，生活才慢慢好转，她成了家喻户晓的言情小说家。有谁知道，在她同时创作好几部长篇小说时，手指磨破了皮，肿胀起来，疼痛难忍，她用胶布缠着伤口继续创作。那些日子她的生活是这样的：她在写作，保姆一边哄着孩子小庆，一边照顾她的起居。偶尔平鑫涛会过来探访，查看写作进度，更多的时候，是她一个人写来写去，从中午到深夜，忘记孤独，忘记烦恼。

琼瑶生于战乱，幼时过着颠沛流离的生活，几经生死，少女时期家庭风波不断，少妇时期几经坎坷，与丈夫生离，与家庭教育脱节，二十五岁之前一直过着贫困潦倒的生活。用她自己的话说：命运真的很神奇，充满了戏剧化，冥冥中好像有人主宰这一切。

有人说，当一个作家最好的条件就是有一个不幸的童年。琼瑶的一生跌宕起伏，现在终于明白她写的爱情为什么惊天地泣鬼神，因为她就是一个敢爱敢恨的人，本身就是传奇，很多作品中都可以找到她的影子。

艺术来源于生活又高于生活，琼瑶阿姨就是一位艺术家，把生活的酸甜苦辣镀上一层光环，让人们在柴米油盐中看到美好。她是一个浪漫、充满幻想的女人，一生执著、任性、可爱，无论多大年纪，她都活得像个小女孩。

写作，赋予了她情怀，让她一生都在做梦。她曾说她是一个梦想家，不切实际的人，而平鑫涛，就是帮她把梦想实现的执行者。

有谁的生活是一帆风顺呢？你只看到别人的成功，却没有看到成功背后的心酸。没有破釜沉舟的勇气，没有坚持到底的决心，你能说你热爱？在自我怀疑的时候，不妨看看《我的故事》，或许你会为你的热爱找到动力。所谓的天分，不过是将热爱的事情坚持到底罢了。

踏遍万水千山，终遇繁花盛开

主人公简介：叶目程，八五后，原名米雨，后来经人算卦说这个名字不好，遂改为米芷萍，东北人，现定居挪威，一个喜欢读书旅行写作的姑娘，中华诗词协会会员。曾在上海一家知名外企工作，掌握多门语言，年纪轻轻靠自己游历十几个国家，今夏，她的新书《与你相逢，总梦一树繁花明》即将面世。

几年前，她曾经以学生身份参加挪威救援组织，每两年志愿者会举行一次国与国之间的文化生活体验活动，有一次体验和帮助的国家是俄罗斯的一个小城市。当时他们这个组织的人员与这个俄罗斯城市的市长面对面交流，叶目程也是其中一员，这次活动还上了挪威当地报纸头版。

在国人眼中，大部分东北女孩比较大大咧咧、豪爽，做事雷厉风行，喜欢谈笑风生。实际生活中的她文静内向，喜欢倾听，在网络上则比较活跃，话也比较多。照片上的她，一袭蓝色牛仔，有三毛身上的文艺，实际生活中，则多了一些江南女孩的矜持与婉约。长发披肩、细眉凤眼，姣好的容颜并没有成为她炫耀的资本，事实上她也从未提过亲朋好友对她外貌的夸赞。因为她知道，外表是先天的，不足以成为炫耀的资本，作为女孩，如果没有能力，或者不去追求更高更广阔天地，再好的容貌也不能为其加分，再漂亮的花儿也会枯萎。

> "用加法爱人，用减法怨恨，
> 用乘法感恩，用除法解忧。"

从小，父母经常吵架、打架。父亲早年经商失败，经常喝闷酒，醉了就与母亲吵架，此时如果母亲也不相让，吵架往往演变成打架。年少的她，曾经"邪恶"地希望父母离婚，结束这种痛苦的生活。也许父母不再有爱情，只是习惯和亲情牵引，维系这个风雨飘摇的家。

后来父母离婚，她渐渐变得孤独、内向、敏感。童年里她并不是一无所有，奶奶始终陪伴她，疼爱她，给了她温暖和慰藉，让她灰暗的童年有了一抹亮色。奶奶经常教导孙女要心中有爱，感恩生活。告诉她一切都会过去，只要努力，再艰难的生活也会变苦为甜。

2005年，奶奶突发脑溢血去世。从此她变得更加敏感、倔强，喜欢写作的她也就此停笔。

叶目程从小就不喜欢数学，看到数学就头疼。应试教育成绩平平，没有打算通过应试教育去读高中。初中毕业后去餐馆打工。店老板见她是个小女孩，给她设定苛刻的条件：第一个月不给工资免费打工，只提供食宿。即使这样，她仍然坚持下来。

两年后，为了结束这种望不到尽头的惨淡生活，她毅然报考了辽宁大学外国语学院自考英语专业。之后在大连外国语学院进修一年，接着又在上海外国语学院进修一年。

毕业后她就职于上海长宁区一家电子公司。公司主要做芯片，上海地铁站的磁卡就是她们公司做的。当时待遇还不错，就是离她住处太远，下班后要辗转两个小时才能到宿舍。为了节约时间，她果断辞职，就近找了一份工作，做行政管理。虽然工资没有上家高，但是各方面福利好。也是在那个公司，因为向往诗和远方，她背起行囊开始游历。

"一个背包，几本书，所有喜欢的歌，
一张单程车票，一颗潇洒的心。"

一个人的旅行，在路上遇见最真实的自己。

在上海工作的时候，国内的旅游相对多一些。大连、福建、深圳，还有海南、上海周边地区、杭州、苏州、钱塘江……这些地方都有她的足迹。

后来她曾游历丹麦、瑞典、挪威、波兰、西班牙、大加纳利岛、荷兰、俄罗斯、拉脱维亚等国，接下来即将去希腊爱琴海。

她本人比较喜欢欧洲，对欧洲国家的人文有强烈的兴趣。那年，她去了三毛生前居住的大加纳利岛。也许很多人都有相似的经历：因为喜欢一个人，而喜欢上一个城市或国家。在知道荷西这个名字之前，她早就听说过西班牙，但在书上读到三毛和荷西的故事后，对西班牙这个国家有了别样的情感。

"决定去西班牙之前，并没有太多的准备，也没有什么旅游攻略。只是想看一看，走一走，感受下。"她说。临行前两天她才定下住的公寓。入住后发现靠近道路，晚上有点小吵，所以第二天便退房又换了一家酒店。

西班牙人热情好客是出了名的，退房后酒店的小姑娘非但没有不高兴，还热心地帮她推荐其他性价比不错的酒店。最后她选择了一个高大上的酒店，虽然价格小贵，但是在能接受的范围。本来退房有点不好意思的，看人家那么热心便释然了。

在那里，她跟着航船出海。站在甲板上凭海风吹着长发，风中带着海水的咸味。望着浩渺的大海，遥想当年三毛和荷西结伴出海的情形：荷西轻轻把三毛拥入怀中，一边抚摸她的长发，一边在她耳边轻声呢喃，尽管三毛比荷西年长，他却像个大男人一样把她珍藏。

世间感情，唯爱不破！对于叶目程来说更是如此。爱情不分年龄、国界。这也是她后来为什么远离家乡定居挪威，是爱情把她这颗种子吹落到这里。

在游历丹麦之后，开始了挪威之旅。在那里，她看到了不经意间游走的驯鹿，仰望了万年不化的雪山、看到了神秘的极光、深邃的峡湾、绝美的瀑布；吃到触及味蕾的三文鱼，第一次看到了挪威夏天的雪、午夜的阳光，她穿过一片片挪威的森林，在大西洋彼岸的桥端驻足冥想，时间在这仿佛停止了，她时而回忆过往，时而惦念那场电影的终场。印象最深的就是挪威的自然景色，为此她还专门写了一首小诗：

　　你半信的听我说道

　　在有雪的夏天吃着雪糕

　　在云雾缭绕的山顶嗅着森林的味道

　　在午夜的阳光下看着顽童嬉闹

　　你还是半信的看着我

　　手里的扇子有风的嘲笑

　　我回头对你一笑

　　不信，去看

　　在世界的一角

　　　　　　　　——《半信》

挪威在北极圈附近，它是属于北欧国的一个国家。北欧五国当中，挪威应该算是全世界福利最好的国家。它也是高税收,高收入的国家。不仅如此,挪威的自然景观令人叹为观止。

杜丽娘说,一生爱好是天然。叶目程也不例外,她喜欢大自然。大概从小生活在单亲家庭的缘故,一直向往远方,想从往事中抽离,给自己一个全新的开始。所以她并没有回国,而是留在了挪威这个极光之国。

在挪威,她拍摄了很多自然风景,包括极光。夜里一觉醒来,极光笼罩着黑夜,天空绚烂至极。即使司空见惯的挪威人,看到此景也会兴奋不已。她慌忙举起相机,拍下这醉人的一幕。据说,这些极光是逝去的亲人们灵魂所化,他们惦记家人,便会化成极光来默默注视。

她想:如果真的是这样,那奶奶也一定会来看自己吧!原来奶奶并没有逝去,她只是变换了一种方式存在。这样想着,她才不会感到难过。

有了自己的孩子后,她更加明白那种舐犊情深。父母曾来挪威看望她,经过岁月的涤荡,他们已经和解,母亲有了自己的家庭,继父对她非常好,父亲则一直单身,生活充实。过去的一切已经尘埃落定,一切都要向前看。渐渐的她从失去奶奶的伤痛之中走出来,重新支笔红尘,写生活、写美景、写故事。

"学习,感觉像一个还不太会游泳的人,一个猛子扎进大海,显然太渺小了!就算是无所适从,也要努力扎下去。"

当时她的自考文凭在挪威不被接受,她又重新报考挪威的专科学校,主攻护理专业。为了与当地人无障碍沟通,同时她还报了语言学校学习挪威语。学习挪威语的时候,由于发音不准,闹出了不少笑话。

一个夏日的午后,天热异常炎热,她在大家闲聊之际做了一盘东西端了进去。

"请品尝,第一次做,可能味道会给你们带来惊喜!"话音刚落,大家先是面面相觑,再是哄堂大笑,最后又假装一本正经地说:"我们还是报警吧!"然后又是一阵哄堂大笑。当她听到报警两个字,瞬间汗珠流了下来,怔怔地站在那儿,内心如小鹿乱撞。

一个客人笑着告诉她:"你刚才让我们品尝毒品!"

"啊!"她恍然大悟。"原来挪威语的玛芬和毒品读音很像,再加上我那时发音不准才闹出笑话。"从此她暗暗下定决心好好学习挪威语。

实习的时候,工作内容是负责照顾老人院的老人。有一次早餐过后,老人们有的在看电视,有的在房间休息。突然她负责的一个房间铃声响起,她匆匆跑过去,询问老人的诉求。

听完她把话说完,她朝老人友好地微笑,推着轮椅就往外走。彼时晴空万里,艳阳高照,适合户外活动。推出门后,老人先是疑惑,后又着急地询问:"你这是要带我去哪儿啊?"

"就在外面,你可以尽情享受温暖的阳光,我还可以给你唱中文歌。"她微笑着说。

"你弄错了!我要去卫生间,不然你一会得给我换裤子了!"老人着急地说。

每次说起这段往事,都忍俊不禁,原来自己把厕所和出去走走这两个词弄错了。

"我在心里骂自己有十遍,又差不多嘴里和她说了十遍对不起。"她在日记中写道。

毕业后在当地一家养老院照顾老人。挪威的养老院和国内的不太一样。国内的老人进了养老院,生活尚能自理,而挪威的养老院,除了一些活动自如生活可以自理的老人,还有一些特殊的老人,他们基本上只有临终前的那段时间。

她的工作则是照顾这些老人。在那里,你会眼睁睁看着老人安详地或者带着一点点病痛地离去,却无能为力。养老院的工作平均一周上三天班,但是有时候事情会多一些,有时候相对少一些。就比如,她上个星期基本上都是休息状态。但是如果事情多,就要每周每天都去。个别情况一周也会休息一两天。休息的时候,她的大部分时间都用来阅读和写作。

"我每天都会花碎片时间写作。比如说我们家小孩七点左右就睡觉了。从七点到十点这个时间段是我写作的时间。十点或者十点半以后我会看一小时左右的书。"来挪威的时候,她从国内带来了一些书籍。平时她也经常上网阅读电子书籍。她涉猎书籍的范围很广,中外文学、诗词歌赋、散文……都比较喜欢。

> "关于写作,胡适说,怕什么真理无穷,
> 进一寸有一寸的欢喜。"

仿佛积累好久,她的写作天分一下子释放了。

在简书,注册四个月,多篇文章被首页推荐,作品散见于各大微信公众平台,其中有《比春节买不到票更惨的是,我们有家却不能回》《你要窥探的隐私,暴露了你的无知》《驻外奋斗史:辞职创业,亏损近亿,被诬陷、被背叛却从未被打倒!》《家庭百事通》杂志同一期刊登她两篇文章,两篇文章在江一燕的公众号发表,曾有出版社向她约稿。这些对她是不小的鼓励。

叶目程骨子里是一个有浪漫情怀的女孩,刚柔并济、积极进取、倔强,对生活充满幻想和无限热爱。看过《简·爱》这本书的人,不难发现她和主人公的性格真的很像。

在写作上,她骨子里的倔强一下子释放出来,她曾说过她会坚持到底,说到就要做到,做不到就不说。事实证明她坚持下来了,从来没有放弃过,更不会因为有了小小成绩而骄傲。

她曾说:"写作半年后看自己的个别文章时要捂嘴,一年或者三年后要捂脸。"

去年年底,青年作家李菁对她进行微信采访,希望把她的爱情故事记录在即将出版的散文集里。

"如果人生是一段旅途,快乐与悲伤就是那两条长长的铁轨,在我身后紧紧跟随。"

最近她准备了材料,在申请器官捐献。申请以后,如果出现意外,她会捐赠器官。幼时奶奶骤然离世,使她对死亡产生恐惧。由于工作原因,她更加理性地面对死亡。人的一生,谁也不能保证自己没有意外。如果意外出现了,谁也救不了你。但是你却可以用你的器官救别人,让生命延续。

这是她真实的想法。

有人说:人生没有白走的路,每一步都算数。对于叶目程来说更是如此。

从乡下到大连,从大连到上海,从上海到挪威,这位驻外女孩,用脚丈量世界,用心感知远方。她好像开在沙漠里的花,任凭人生如何干涸,却还是孜孜追求,活出了自己想要的模样。

活成一株植物的姿态

走过许多的路，见过形形色色的人，才华横溢者有之，天赋异禀者有之，出身优渥者有之，毕业名校者有之。而齐帆齐，就是这些"有之"之外的"无之"。

有些事情，让你多年后提起，眼中有泪。

齐帆齐，来自安徽桐城，现居合肥。去年还在上海打工，为生计奔波，在职场受人颐指气使。今年，她的励志文集《追梦路上，让灵魂发光》公费出版，一年实现出书、全职写作的梦想。

除了写作，她还喜欢摄影、瑜伽，喜欢听古筝，擅长自媒体运营。以上这些，都在她未来的规划之内，她希望有一天，完全实现财务自由，可以纵情学习自己所爱。

前不久，她花了近万元报了瑜伽课。她的朋友知晓后，感叹地说："齐齐，真羡慕你做事情的决心和毅力！同样三十岁，你却活得像一团火焰，充满能量，总是能带给别人希望！"换成普通女孩，宁愿买化妆品和衣服，也不一定舍得花一万块报瑜伽课。风物长宜放眼量，曾经她贫穷过，但她不会被贫穷限制视野。她说："我合肥的房子是租的，可是生活不是租来的，房子以后会有的，人生却没有归途，所以，我舍得投资自己！"

她，七岁丧父，十四岁辍学，辗转多处打工，最终她的青春定格在福建沿海服装厂十年。三十岁，初中毕业的齐帆齐，重新支笔，写了近四百篇六十多万字的纪实作品。有人问她为什么写作，她说："我这一生只爱写作，非写作不可。"

有多少执念，就有多少执著。

此外，她还是三千多名学员的互联网写作培训讲师。她的学员，很多都是高学历的金融硕士、武大博士、清华北大才子才女、国企高管、私企老板……这些高学历的优秀人士，她曾仰望一时，现在却跟他们成了朋友。

看到学员文章写得好，她总会说："你写得比我好！"语气自然谦逊，心态平和，别人比她强，她就服气。

齐帆齐的很多学员，都出版了自己的图书。很多学员出书，都得益于她，是她把学员作品推荐给出版社。

她高挑，身高近一米七，有着别人羡慕的大长腿。去年在上海工作时，每次公司举办活动接待外宾，她总是无愧当选。有时，她会因为总被选上有点小懊恼，同事打趣她说："谁叫你个子那么高，腿那么长呢？"

在外人看来，她乐观，单纯，不谙世事，像一个从小被保护得很好的小女孩。知道她故事的人，却不禁唏嘘。

一位六零后的文友说："齐齐，我一个六零后，都没有你的生活坎坷。"齐帆齐出生时是"站马生"，也就是脚先出来，在那个年代这样生孩子非常危险，母亲被折磨得死去活来。奶奶说她是磨人的命，接生婆说她命硬，会克死父母，但她父母都不信。

七岁时，她的父亲患肝癌去世，撇下齐帆齐和两个妹妹，最小的妹妹才三岁。母亲独木难支，生活无以为继。奶奶大受打击，不能从悲伤中自拔，生生哭瞎了双眼。一个好好的家庭，突然就这么散了。

父亲生前在镇上的陶瓷厂上班，有固定收入，家庭条件在整个镇上，还算过的去。父亲去世后，一下子变得很穷。为了生活，她不得不找父亲从前的同事，带她去父亲生前工作的陶瓷厂拉赞助。她站在一群大人面前，"叔叔伯伯"叫个不停，领班提议让她下跪感谢，厂长出面制止，保护了她幼小的自尊。那时她第一次感受到，有一个叫"自尊心"的东西，在心里扎了根。

父亲去世后，家里没有经济来源，一贫如洗。她正在发育期，营养不良，身材瘦小，常常被别人欺负，哭着回家找妈妈。因为家里穷，从小到大都是穿村里人救济的衣服。穿过最好的衣服是校服，买的最好的裤子是十元精美裤，裤子膝盖处还有硬币大小的洞；上学时，她没有一本作文书，唯一的课外书是新华字典；三年级学珠心算，就她一人没算盘；一年到头都吃不到三次肉，偶尔吃肉，也只是杀猪时的下水。读初中时，炒饭从没有油，都是腌菜，她最羡慕别人吃猪油炒饭，羡慕炒饭里加鸡蛋。2002年，她家才有第一台黑白电视机。

初中毕业后，她不得不外出工作补贴家用。由于不到法定年龄，只能打零工。曾经跟着表哥在镇上的酒瓶厂做过小工，也做过饭店服务员，这些工作收入只能维持三餐。为了生活，她不得不想别的办法赚钱。

俗话说"大荒年饿不死手艺人"，那些年，小姑娘流行学缝纫、理发，男孩流行学油漆、木工、室内装修。为了有一技傍身，她央求母亲凑钱让她学裁缝。为了满足女儿心愿，也为了能多个顶梁柱支撑整个家庭，齐帆齐的母亲跑了几十里路，向亲妹妹借了四百五十元，给她交了学费，让她跟师傅学习缝纫。

一年后，她跟师傅去福建服装厂打工，她在那个地方，一工作就是十年。服装厂向来以活多钱少加班多著称，但她不怕吃苦。她是全厂干活最快的，年龄最小的，工资最高的。也许是太想改变现状，她工作很拼命，即使脚受了伤，依然舍不得请一天假，直到后来，医生告诉她："你再不重视，你可能会残废！"她才不得不休息。

最要命的一件事是，有一次，她被查出肺结核，必须休息一段时间，接受正规治疗。虽然那时国家控制传染病，药物免费，但检查费用花了不少钱。追她的男孩，都敬而远之，患难见真心，难道，她患难了，都没有一个男孩愿意付出真心吗？没有！

那几天，她幼小的心，一片荒芜。而荒芜，只是一瞬间。痊愈后，她又回厂里上班，又可以和同事大声背诵着《沁园春·雪》上班了。

海明威说，当一个作家最好的条件，就是有一个不幸的童年。也许，从她父亲去世，人生之路变得崎岖不平时，就注定她此生要走文字道路，用文字记录生活，慰藉心灵。

青春十年，奉献给了服装厂。婚后，她奉献给了家庭。跟着丈夫，辗转西安、温州做早餐生意，遭遇过抢劫，也碰到过打架斗殴。曾忙得乐不可支，也曾因为生意惨淡愁眉不展。做小生意有太多不稳定因素，工作之余的时间，她的愁她的闷她的笑她的悲，都交付给了文字。

2015年，她在西安做早餐生意时，因甲状腺疾病做了手术，住院三天花了8000元。手术过后，她舍不得休息，又去忙着做生意。这是作为一个社会底层人的悲哀，但她没有时间，也没有余力去抱怨命运了。难怪有人说："你的经历，换做是我，早抑郁了。"

她不像别的女孩那样，结了婚就变得很粗糙，为了一日三餐被生活折磨得蓬头垢面，从而忘记了女孩该有的样子。她最喜欢收集杂志，看名人传记，她在别人写的故事里，过着自己的悲和喜。她站在低处，开出了芬芳的花朵。

她接触文字很早，早得可以追溯到孩童时期。有一次作文得了奖，拿回家给母亲看，正在锅边做饭的母亲在围裙上搓搓手，拿起她的奖状笑得乐不可支。

2016年,三十三岁的齐帆齐报了《知音》编辑陈清贫的网络写作培训班,开始系统学习写作知识。闲暇时,她喜欢在手机上敲敲打打,写出此时的感受,一天的见闻。日积月累,竟然也有几百篇了,文笔也早达到了出版要求。

有人曾经对她说:"齐齐,如果你生在富裕家庭,或者家中经济条件好一些,你们三姐妹的际遇肯定比现在更好!"她莞尔一笑说:"是啊,可是,人生哪有如果呢?如果真的出生在优渥的家庭,说不定会失去身上的灵气呢。"她从来不觉得苦,最惨淡的心情,不过是悲伤罢了,仅仅是悲伤而已,她从来不会感到绝望。

这位逆商高的女孩,像一棵小草,风吹不走雨打不倒。即使受挫,也坚信"江东弟子多才俊,卷土重来未可知。"我喜欢她的坚强、毅力。她上海的同事曾说,最佩服齐帆齐的毅力。她想做一件事,会坚持做到底。

齐帆齐在上海打工时,学历是全公司最低的,其他同事都是大学学历。那些高材生瞧不起她,觉得她进公司是走了后门。然而,职场不仅靠学历说话,也靠实力生存的。为了签单,一年里,她每天对客户嘘寒问暖,提醒他注意事项,以诚相待。她觉得,工作是重要,但不能为了签单,而丢掉人情味儿,从小饱受苦难,她要做一个有人情味、真实的自己。最后客户被她的真诚和毅力感动,爽快地签了一个大单。那一季度,她得了一万元奖金,成为公司的销售冠军。

去年,她认识了文友别山举水,得知他因骨折住院,同在上海,她请假去上海六院探望。茫茫人海,遇见就是缘分,碰到相谈甚欢的文友,就珍惜。后来,别山举水成了她平台签约作者的推荐人。

有人说,生命是一种回声,你把善良给了别人,终会从别人那收获善意。无论你对谁好,从长远来看,都是对自己好。

曾经的生活一地鸡毛,她不仅没有抑郁,还活得那么单纯、乐观,像一株绿油油的植物,经过风雨摧残,愈发青葱翁郁。

自媒体大咖周冲说:你有多坚持,就有多出众。你有多容易放弃,就有多容易出局。有一种人,即使在泥沼里,她也会倔强地仰望星空。即使被扔到无尽的沙漠里,她也能穿越荒漠找到甘泉和绿洲。即使再让她回到童年,重新经历苦难人生,她还能活成自己喜欢的样子。

谁的奋斗不带伤

赵美萍，人如其名，美丽大方，而她的命运，犹如漂泊的浮萍一般，颠沛流离，居无定所。从江苏到安徽，从安徽到上海，再从上海漂到武汉，浮萍的命运一直伴随着她。

她在各大主流期刊发表过无数优秀的作品，其中包括《知音》《现代家庭》《女友》《宝山报》等，因为在《知音》杂志发表了一定数量作品，曾受邀参加过该杂志举办的海外笔会。她只有小学学历，却成为《知音》杂志社资深编辑。工作几年后，《知音》杂志社奖励她一套房子。

她是武汉市优秀务工青年，1998年曾冒着生命危险参加抗洪救灾，深入一线报道灾情。她是九十年代风靡上海的大红人，打工妹中优秀的代表，被上海多家媒体争相报道，其中中央电视台《半边天》就曾采访过她的故事。

现在她定居美国休斯顿，丈夫是美籍华人，因爱慕她的才华互通书信，终于结为连理。住着玫瑰色别墅，房前屋后开满鲜花，门前流水潺潺。

读了她的作品《谁的奋斗不带伤》，不禁潸然泪下，为她苦难的童年感到难过，为她跟命运不屈不挠的斗争而喝彩！

一

美萍出生在江苏如皋县（现为如皋市），在她出生的那个年代，物质极其匮乏，经常食不果腹。而她出生的那个村庄——江防乡永福村，更是个贫困的村庄。她出生在正月初一，和《红楼梦》中贾元春出生在同一天，媒婆说她是"娘娘命"，后来的经历证明这是一派胡言。

父亲是公社会计，一个不折不扣的文艺青年，特别爱看书。母亲温柔善良，勤劳勇敢。美萍遗传了父亲的聪慧，加上学习非常刻苦，成绩一直名列前茅。

八岁那年，父亲得了麻风病，被隔离到滨江医院治疗。从此整个家庭失去了欢声笑语，她和妹妹被村里人称为"小麻风病人"，嘲笑、谩骂不绝于耳。

放学路上，村里的小伙伴经常捡石子砸她们，夺她书包，如果反抗他们就一窝蜂涌扑上去一顿狂打。从此，她从懵懂无知的少年变得懂事，饱尝人情冷暖。那时的农村是一个以少胜多的社会，打架欺凌是常有的事，虽然愤怒却无可奈何。

父亲在医院积极治疗，病情一天比一天好转。在他们全家充满希望等待父亲出院的时候，父亲却意外去世。粗心的护士给父亲错用了青霉素，而他恰好对青霉素过敏，当场去世。医院推卸责任，只赔了30元安葬费。父亲的葬礼简单仓促，甚至连像样的棺木都没有。下葬那天，美萍哭得死去活来，从此她和父亲天人永隔，父亲在里头，她在外头。

父亲去世后的那个春节是凄惨无比的。春节前夕，祸不单行。妹妹美华用火盆爆蚕豆和花生被烫伤，胸前、腿部被烫得面目全非，在上药的时候因为疼痛难忍发出凄厉的惨叫，像一只被屠宰的小猫，无助又可怜。

因为腿部有疤，从此美华告别了裙子。

二

父亲去世后，母亲的前夫杨启东刑满释放，堂而皇之搬进了她家，从此恶梦开始了。杨东启身材短小面相凶恶，吃喝嫖赌样样来，除了变卖家中值钱的东西，他还动辄打骂美萍的母亲，家里被他搞得鸡犬不宁。母亲经常被他打得鼻青脸肿，有一次还被打成了骨折，在床上躺了数月。

母女三人都憎恨这个恶霸，面对欺凌，母亲请求村委会主任出面解决，面对穷凶极恶之人，村委会主任以"清官难断家务事"为由搪塞过去。绝望之下，母亲选择喝农药自杀，所幸被村民及时救起。全家抱头痛哭，悲伤绝望笼罩着这个不幸的家庭。

为了摆脱杨东启，母亲决定带她们远走高飞。在邻居的撮合下，她偷偷与一位青海男人相亲。那人品行端正勤劳能干，收入也不错。正在她们欣喜若狂之时，那个青海男人却销声匿迹，后来才知道，杨东启听闻此事后提刀去恐吓人家，他连夜逃跑了。

最后，在红英表姐的帮助下，母亲决定到鱼米之乡安徽芜湖闯一闯。在那里，表姐夫托人给她们母女安顿好了落脚点—继父周永康家里。

周永康是一个憨厚老实终身未婚四十七岁的男人，有过几个月的事实婚姻，因脾气暴躁对方无法适应而离开。他收留母亲的条件就是：只能带一个孩子过去。当时妹妹美华年幼，自然就跟着母亲去了安徽，美萍无可奈何地留在了老家如皋。

没有亲戚可以依靠，红英表姐儿女众多爱莫能助，大伯翻脸无情把前去讨饭的她扫地出门，无奈之下母亲之好把她送给邻居周家做童养媳，将来嫁给周家其中一个儿子。

在周家的日子，吃不饱穿不暖，负责他们全家的饮食起居，洗衣服、做饭、洗碗、割猪草……脏活累活都是她做，甚至还要给和她同岁的周家女儿擦屁股，陪她上厕所，陪她做作业，陪她说笑……她成了一个弃儿，一个任人宰割的羔羊，连说"不"的权力都没有。

在周家唯一的好处是：她又可以读书了！那时她读小学，真的很用功，成绩也非常好，老师也夸她是个好苗子，将来可以读大学。周家的人蔑视地看了她一眼，说："读书再好有什么用！将来你又不能上大学，你要记住你是来给我们家做媳妇的！"那时候，她的眼里经常浮现一层雾气，想着远方的母亲，她会不知不觉掉眼泪，眼神充满了哀伤、忧郁。

她从作业本撕下一张纸，偷偷给母亲写信，希望能带她离开这里，哪怕浪迹天涯，挨家挨户讨饭为生她也愿意。

十几天后母亲收到了她的来信，泪如雨下，并回信安慰美萍再等一等。终于等到了母亲回来的日子，继父却因无力再供养一个女儿，坚决不肯带美萍去安徽。美萍绝望之际给继父下跪整整两个小时，继父不为所动，最后母亲生气地威胁说："美萍不走，我也不走！"继父才无奈答应。

安徽的生活并不比在江苏老家的生活好过，相当于从一个火坑跳到了另外一个火坑，只是不再有杨东启那样的恶霸提刀恐吓、殴打。

继父无儿无女，侄子侄女搬过来和他一起住，照顾他的起居，原本打算继承他的家产———一座三开间的房屋。现在这个家却来了不速之客，继父的侄子侄女对她们非常反感。平时欺凌、谩骂自然不能少，很多次还动了手。有一次打架，他们人多势众，揪掉了母亲和美萍的一撮头发，直到报了警，他们才有所收敛。

后来，美萍以优异的成绩小学毕业，考上了重点中学。换在别人家，考上重点中学是件欢天喜地的事情，可是对于贫穷的继父家，却是愁云惨雾。因为继父实在无力供养她继续读书,她不仅不能读书,还要替继父养家糊口,继续在山上砸石头卖钱。从此她成了山上最小的采石女。

她挥着与她个头不相称的大锤,一锤一锤把大石头敲碎,用换来的钱补贴家用。她的身体因为常年繁重的劳动变得健硕,她的手指关节也变得粗大。她痛恨命运,因为贫穷不能继续读书,因为父亲去世而饱受欺凌,因为母女三人寄人篱下而感到无奈。

很多个夜晚,她躺在床上,闻着窗外厕所的臭气,潸然泪下。她写道:"石头在我的铁锤底下'啪啪'地碎裂,我明白了一个道理:所有压在自己身上的石头,也只有自己去颠覆,去砸碎,除此之外,没有人能帮你!生活就这么残酷,生活的哲理也就这么简单。"

采石场为了争石头打架斗殴是司空见惯的事,炸药炸开石头以后,落在谁的地盘就属于谁。美萍一个人势单力薄争不过别人,总是默默跑到最边上砸石头。那里山上的石头被炸过之后,结构松散,经常有石头掉落,很容易被砸伤。即使如此,仍然有人欺负她,占领她的"地盘",对她大打出手。

在那些暗无天日的日子里,支撑她度过的就是书籍。邻居大川哥是个高中毕业生,平时酷爱看书,收藏了一大柜子书籍。当美萍向他借来看时,他毫不吝啬地拿出来分享。那段时光,她看完了大川哥柜子里所有的书。

采石场的小山被采空后,没有收入来源,她决定去上海这个大城市闯一闯。

三

在上海,她在饭店做过服务员,受过顾客和老板的性骚扰;在服装厂做过工人,受到过质疑和批评倾轧。在服装厂做工人的这七年,让她迅速成长。从一个不被认可，人人嘲笑笨手笨脚的打工妹，到熟练的技术工人，再后来被提拔为车间主任，技术骨干。车间主任、技术骨干这两个岗位一向是由上海人担任的，她却得到了日本领导石川先生的赏识，被破格提拔。

工作之余，她笔耕不辍，坚持写作，笔法越来越成熟。为了跟上时代的发展，弥补没有继续读书的缺憾，她报了复旦大学新闻专业大专班。

她的作品屡见报端，《宝山报》《知音》《现代家庭》等经常看到她的文字。她的奋斗故事不胫而走，很快在上海引起了小小的轰动，上海电视台对她做了采访和报道，她成了打工人物的优秀代表，1994年国庆她被作为国庆焦点人物推出。

当她得知国内著名杂志《知音》招聘时，又欣喜又忐忑。欣喜的是她遇到了这个机会，忐忑的是招聘条件苛刻，应聘者更是如过江之鲫，不乏本科、硕士学历。她决定卸下所有的心里负担，放手一搏。于是果断辞职，放弃大好的发展机会，坐上了飞往武汉的航班……最终因她的励志故事和优秀才华，被杂志社破格录取。

1998年抗洪抢险，她奔赴一线报道险情，身处生死边缘，目睹了势如猛虎的洪水，感叹生命的脆弱，所幸自己还活着，她就是千千万万个不幸者中万幸的人。她的文章《牌洲湾，英勇悲壮的牌洲湾》获得了一致好评，直到现在读起来，还让人潸然泪下，感动不已。

2002年，她被评为第三届武汉市杰出外来务工青年并奖励一个武汉户口。因工作出色，公司奖励她一套130平方米的住房。当装修好把母亲接来小住时，她忍不住哭泣。谁能想到昔日寄人篱下人人唾弃的贫穷人家，有一天也会有自己的幸福？而她却很平静，仿佛早有预料：她这么努力，拥有幸福是迟早的事啊！

她曲折的经历像连绵起伏的群山，爬过了这个山头，又要越过下一座高山。苦难从来没有放过她，她却坚强地挺了过来，粉碎了压在自己身上那颗大石头，像一株野火烧不尽的小草，倔强野蛮地生长起来。

她在文章中写道："生活不相信眼泪。哭过、疼过之后，我只能翘着包扎了的手指继续干活。因为生活不是可以随时按暂停键的影碟机，它也不可能停顿下来等待你的疼痛过去。"

是的，无论人生有多少灾难，生活如何一地鸡毛，我们只能前进不能退。那些成功人士，看起来过得毫不费力，其实背后经历了常人难以想象的磨难，人生所有的逆袭，从来都不是轻而易举。

第四辑　清简红尘

拥有一颗成长心

朋友安安，脸上常挂一幅愁容，她多次向我抱怨婚姻的不幸。老公比她学历低，身高和她差不多。恋爱时，她不在乎这些，觉得男人积极向上就行。那时他在她眼中，成熟稳重，不吝啬、不懒惰、孝顺父母、尊重女性……她能从他身上找出一大堆的优点。带他回家见父母，母亲只看了他一下，便转身去厨房继续忙她的菜。

她悄悄跟过去，用胳膊肘推推母亲："妈，你看他怎么样？"眼神里全是期待和笑意，她希望父母能和她一样喜欢他。母亲知道她倔强，认定的事情不回头。但还是劝她三思，她说："我和你爸不喜欢他，你想清楚，结了婚后悔就晚了！"

后来，她问父母为什么不喜欢他。他们说："不喜欢他的眼神，飘忽不定，躲躲闪闪。还有，吃饭时他总挑自己喜欢的菜，不顾他人，一盘酱牛肉我和你爸都没吃，他自己吃完。你们相处这么久，他竟然不知道你也喜欢吃牛肉。"她想起过往各种细节，才明白父母所言非虚。

后来事实证明，她喜欢的是一个理想化的男人。结婚后，她发现他自私、懒惰、无趣、拖延、莫名其妙……他对金钱极其看重又吝啬付出。

有一次，婆婆旧疾发作被送到医院，被推进手术室后，他说："打电话给你爸妈，让他们给我们转五万，我身上没有钱了。"她当场回绝，认为年迈的父母没有义务出钱给婆婆看病。没想到他恼羞成怒，拉着怀孕的她回娘家，当着安安父母的面羞辱他们贫穷。此后无数次半夜把她推醒，数落她不近人情，连自己婆婆生病都不肯出钱。多少辗转难眠的夜，都充满和泪和痛。

那时她新婚不久，身上没有存款，同时发现已经怀孕。当她下定决心打胎时，宝宝好像感应到了，用小手小脚轻轻划着妈妈的肚子。她大哭一场，最终还是决定留下这个孩子。

曾经，她给他端水洗脚，做他最爱吃的酱牛肉和鱼香肉丝。现在，他耗尽她的耐心和爱心。他不仅没有变成她期待的样子，反而每天窝在麻将馆里度日。

他邋遢，无精打采，有脚臭口臭睡觉打呼噜满头头屑，拉完屎不冲马桶，喜欢看《乡村爱情故事》和快手俗气的段子，衣服反复穿脏了都不肯放进洗衣机……

他这么糟糕，让她过这么苦，她却没有勇气离婚。而今回首，一切源于她的脆弱。她无数次想过要离婚，但是他，始终不肯，而她，总是那个意志不坚定的人，虽然多次提出离婚，但没有坚持去法院起诉。一段婚姻，拖泥带水许多年。

她去看过心理医生，心理医生说，他是偏执型人格，江山易改，本性难移，要么忍要么离。

听完，她像掉进冰冷的大海里，离婚对于她来说是大手术，操作不当就会丧命。她从小就是一个软弱没有安全感的人，如果没有家庭的依托，她的人生将不知道何去何从。无数次，她想向别人伸手求救，想找到一根救命稻草，把她拉出这个心理漩涡。

后来，她信佛了，虽然不是虔诚的信徒，但佛教能让人心静平和。

她似乎看透了婚姻的本质，不再像从前那样纠结了。她开始思考爱情、家庭等问题，开始反思自己，恨自己从前看不懂，看不透，智慧不够；又恨命运，觉得自己命该如此；她恨老公，他若知她懂她温柔体贴，满足她对婚姻所有的渴望，她又怎会不幸福。她恨自己，那么软弱，婚姻出现问题却没有勇气离开对方。

她很痛苦，决心要过一种叫"幸福"的生活。她向领导请了假，去了厦门。

有一天，她来到一间寺庙，山门前的乞丐衣衫褴褛，皮肤黝黑，不顾形象地匍匐在地，向每一位过往的行人乞讨；断手断脚的残疾人趴在石阶上祷告，打扮时尚者忙着捐香火钱，寺庙方丈在为婴儿祈福……眼前的一切像是滚滚红尘里的一个缩影。

若，她是那个乞讨者，或者是断手断脚的残疾人，今后的日子又该如何自处？她跪在佛前，清清楚楚地明白了自己的心。她爱的，是优质男人身上的特质，这种特质对女人有着本命的吸引。她总拿老公与理想的男人比较，一直活在梦里，早该知道，人无完人，婚姻需要更多的爱和包容，而不是改造和责难。

她突然特别同情老公，他性格有缺失却不自知，她的心早已从他身上离开，他却没有发现，这已经很可怜了。也许，她该用慈悲，用爱包容他，引领他，而不是用尖酸刻薄的语言，用沉默和逃避去对抗他。

她最爱孩子，她还那么小，那么单纯，根本无力应付周遭的一切，她必须支撑起这个家，不能让它沉沦。

她必须过好。

从厦门回来后，她来找我，神采奕奕，一脸轻松，不见往日颓废。果然，心魔即魔，想开了，一切的问题都迎刃而解。

记得去年，我和朋友也讨论过婚姻。她说，如果对方没有犯十恶不赦的大罪，不是大坏蛋，她永远不会离婚。即使不喜欢丈夫，她也愿意包容他，把这份亲情延续下去，她没有兴趣和精力再去了解和适应另外一个人，她想过简单、纯粹、圆满的人生。我把朋友的这段话送给了安安，她深表赞同。

　　曾在书上看到这样一段话："我吃东西越来越清淡，对待人情世故越来越宽容，不乱发脾气也学会了忍让，慢慢地有了一颗成长的心。"深深觉得，婚姻不是炙热的火炭，而是流年里静而不枯燥的相守。

　　愿我们都能过简单、纯粹、圆满的人生。

孩童，少女，外婆

　　妈妈怀我时无人照拂，便回外婆家小住。那年闰六月，在第二个农历六月底，我出生在外婆家镇上的小诊所。

　　新婚不久的妈妈不会照顾婴儿，出了月子便把我丢给外婆，自己回到婆家帮忙做一些农活，我应该是最早的一批留守儿童，从此以后就跟着外婆长大。

　　外婆身材削瘦，喜欢穿棉麻藏蓝格子衣服，走路很快，衣襟生风。因为瘦，脸上没有多余的赘肉，显得很精致，是我喜欢的那种鹅蛋脸。眼睛不大却很亮，目光温柔。虽然年迈，皱纹横生，皮肤却很白，离近些，可以清楚地看到脸上淡淡的黄斑。

　　她是一位有耐心的老人，做任何事情都不急不躁，宁愿慢些，也要一次做到位。比如做饭，她喜欢把小米粥慢慢炖，把土豆丝切得很细，把鸡蛋打碎搅得很均匀，这样蒸出来的鸡蛋羹又软又蓬松。

　　小时候我很瘦，体质差又挑食，外婆就每天变着花样做菜。她有早起的习惯，洗漱后，就挎着竹篮去村外的菜园。一觉醒来，只要她不在家，我就去菜园找她。途中经过石桥，远远地，看到她来了，就小跑迎上去。竹篮里葳蕤一片，叶尖滴着露水，绵密发达的根带着潮湿的泥土，太阳升起，植物的清香入了肺腑，才感觉我饿了，拽着她的衣角跟她回家。

因为挑食，吃饭要人哄着，有个邻居看不下去，觉得她太溺爱孩子，就在旁边怂恿外婆打我，还说："小孩子不能惯着，狠狠打两下就老实了！"我很生气，狠狠瞪着她，并让她离开。邻居气得吹胡子瞪眼睛，她的目光转向外婆，希望外婆教训我的不礼貌。但外婆并不责备我，也不反驳那个邻居，只是淡淡地说："我的宝贝外孙女这么可爱，我可舍不得打。"

邻居走后，外婆气哼哼地说："让我揍我宝贝外孙女？我傻呀我？她怎么不揍她孙女？"她不仅没打我，还给我买了一颗糖，含在嘴里甜甜的，我心里乐开了花。

乡下的冬夜很清寂，胡同里没有了人的脚步声，万物沉睡了，枯枝寒鸦，冷风刺骨。我怕黑，不敢出屋门一步，外婆便会把一切早早安顿好来陪我。

外面漆黑寒冷，屋里却灯火辉煌，让人感觉到温暖。院子里偶尔会跳出来一只野猫，"喵"的一声从低矮的柴禾垛窜到门外，在余光下瞪着明亮的眼睛。我吓得慌忙抱住外婆，把脸埋进她怀里。外婆一边安抚我，一边用竹竿驱赶野猫，同时又数落旁边悠然自得的外公。

我体质不好，经常发烧，到了腊月更容易生病。难捱的寒冬，打针成了家常便饭，我被镇上诊所的大夫摁着，长长的针头扎下去，疼得我直哭。旁边的外婆再三让大夫温柔点，还说落那个大夫下手狠。

大夫并不计较，因为他跟外婆很熟悉，他是外婆的远房亲戚，论辈分他叫外婆"嫂子"，他的诊所还是我的出生地。因此，我每次发烧去打针，他都会调侃我。我望着他洁白的工作服，厚厚镜片后的大眼睛，不

113

小心触摸到冰冷的听诊器，慌忙躲到外婆身后。当他把针头旋进针筒时，我预知一场灾难即将来临，吓得撒腿就往外跑，外婆会跟在我后面追很远很远。

那年九月，父母来接我，我要回自己的家读小学。外婆万般不舍，一再要求让我在当地读，她继续照顾我，父母坚决不同意。因为照顾我，她付出太多精力，身体逐渐变差，隔三差五去诊所看病，身体枯瘦如柴，走起路来颤颤巍巍。

我走了，外婆送我们到车站，无奈又悲伤，一路上都在抹眼泪。妈妈年轻气盛，不懂安慰，焦躁地说："娘，又不是生死离别，你不要这样行不行？放寒假我就送她过来陪你。"她擦干泪，吸了吸鼻子说："放寒假让你爸去接。"我则坐在三轮车上哭，时不时站起来要往下跳，不愿意跟父母走，我越哭外婆越不舍。爸爸见状，对妈妈说："我们走吧，不然天黑也到不了家。"就这样，我回到了十五公里外的家。

外婆对我的溺爱，让我变得娇纵。后来，每逢父母责怪，我常常感到失落，或痛哭流涕，或气呼呼地反驳："你们对我一点也不好，你们不是我亲生父母！还是外婆对我好！"

读小学那年，外婆来我家小住，我俩睡在床上聊天，我突然问她："外婆，你什么时候死去？"外婆悠悠地说："我可不舍得死，我要看着你长大，结婚，生子……"我听了之后咯咯笑了。

中考那年，外婆失约，离我而去。从此，想念，是别离的开始。

盛夏，麦田，孩童，少女，外婆，在那个夏天里长眠。

冬天的味道

　　立冬，天气一下子变得湿冷。下班路上，看到有位老大爷在卖烤红薯。他把自己裹在厚厚的军大衣里，笑容在阳光下盛开着，热情地招呼来客。火炉里的木炭红红地烧着，烤红薯的香气弥漫着，食物的香仿佛能把冬天的寒冷驱走几分，我用力吸了吸，一下子入了肺腑，感觉肚子都饿了。

　　北方把烤红薯叫烤地瓜，印象中，只有冬天才会烤红薯。大路旁，胡同口，学校门口的小卖部，大爷或大妈穿着军大衣，把洗干净的红薯放进大烤炉，再把之前放进去的红薯挨个翻一下，使之受热均匀。这时空气飘来浓郁的香气，即使刚吃过饭，闻着味道也想吃。

　　从小就钟情于烤红薯，每次只要看到，一定会让大爷包一个又瘦又甜的红薯。似乎冬天，总有一种味儿和食物有关，少了它，感觉整个冬天都不暖和，过得很失落。

　　读小学时，天冷容易饿，刚上两节课，肚子就空了。还好，口袋里随时都会装有小零食，有时饿了会偷吃，怕老师发现，用手捂着嘴巴慢慢嚼。有一次被同桌揭发，老师走到我面前说："你，站起来。"然后罚我站墙根。从此以后没人敢在课堂上吃东西。

下课后，教室里闹哄哄的。一群天真烂漫的孩子，彼此明目张胆地交换吃的，空气中弥漫了食物的味道，彻底把我们的馋虫勾了出来。

后来，天气逐渐转冷，学校允许在教室里生炉子。下午最后一节课，老师把我们带的生红薯、土豆、蚕豆等放到炉子上炙烤，蜂窝里时不时冒出火星，发出噼里啪啦的响声，快下课的时候，一顿美餐诞生了。冷冷三九，我们最后一节课是在红薯和土豆的香气中度过的，朗朗的读书声在温暖的炉子边回荡。

寒风凛冽，放学了，我裹着围巾，戴着帽子，穿着厚厚的手工棉衣，走在还有残雪的小道上，小脸蛋冻得通红，也不觉得冷。调皮的男孩在雪地上溜滑，打出漂亮的姿势。疯玩疯闹着，不知道不觉就走到了村口。快到家的时候，突然看到前方的十字路口升起一条白烟，空气中弥漫着烤红薯的香甜味道，越走近，香味越浓烈，我知道母亲又给我烤了红薯，于是加快了脚步。

到了家，她慌忙从柴灶里扒出一个红薯，掸了掸灰，放在围裙上擦了擦，递给我吃。每天烧晚饭时，她都会把红薯放柴灶里，饭烧好，裹在柴灰里的红薯也被烤熟，外皮烤得灰扑扑的，有的还渗出了蜜。掰开一个，热气和香气迎面扑来，金黄色的瓤细腻绵软，用指尖轻轻捏起一块薄皮，吹了吹，不怕烫就往嘴里送，香气溢满口腔，细腻软糯。母亲在旁边劝我"慢点吃"，可是小孩子心急，哪能听得进去，一边哈着气一边往嘴里送，烫得鼻涕都流下来了。

寒风呼啸，夕阳渐隐。暖暖的灯光，冒着热气的食物，一家人的欢声笑语，让我感觉那个冬天不再寒冷。

张嘉佳说："美食与风景，可以抵抗全世界所有的悲伤和迷惘。"我很庆幸，两者我都爱。

有种爱叫外婆

　　记忆中，时常浮现这样一个画面：夕阳红红地落下，故乡的风响着，小镇寂静着，外婆的背影平凡着，一个扎着羊角辫的小姑娘，如信徒一样跟在身后。

　　初冬时分，当最后一片落叶凋零，外婆就会带我到不远处的集市采购过冬用品。此刻是我最快乐的时候，因为我的个子又长高了，曾经的衣服再也穿不上，外婆便会给我买新衣服，新鞋子，还有很多零食。

　　我在外婆家出生、长大。

　　小时候我经常发烧，每次高烧不退时，外婆急得团团转。有一次，她带我去赶集，我突然晕倒，失去了意识。醒来后，发现自己躺在家里的大床上，盖着松软的被子，额头上敷着毛巾。屋里光线有点暗，没有点灯。外婆背对着我，手里拿着勺子在杯子里不停搅拌着。

　　我咳嗽一下，她慌忙来到床边，揭开毛巾，用脸颊贴了一下我的额头。我有点不知所措，转过脸，看到桌子上摆满我平时喜欢吃的零食，才想起，早上跟外婆逛街时晕倒了。

我问外婆，我是不是快死了？外婆说，净瞎说。大夫说了，你贫血，体质弱，抵抗力差，才会这样。

后来我才知道，晕倒后，是外婆背着我，一步一步走回家。之后又让外公去请大夫，确定我安然无事，才跑到集市买我最喜欢吃的零食。

我生病那几天，她没有心思洗漱，头发有点乱，白发也多了几根。因为心情不好，本来白皙的皮肤变得蜡黄，淡淡的黄斑也明显了。

我望着她，有点心酸，心想：这还是那个每天把自己收拾得干净、得体的外婆吗？我在长大，她在变老，如果我长大的代价就是她变老，那我宁可时光永住，永远不长大。

她很少这样颓废，总把日子过得喜气洋洋的。只有在我生病或者回父母家时，她才会落寞。

我回家读书的时候，望着她送行的背影，母亲感叹："你外婆真的老了，背有些弯了，辛苦了大半生，生活在世态炎凉的时代，遇到过许许多多让人糟心的事，她对我讲述那些事情的时候，轻描淡写，仿佛从未发生过。"

也许外婆一直都知道，生在那个年代，有太多身不由己，遇事隐忍为上策。她是一个善良的人，有点多愁善感，一生循规蹈矩，严格按原则做事，从不出格，从不高调。

她挑剔外公一辈子，得理不饶人，她不温柔，有点强势，还有点敏感。这样的一个人，唯独对我温柔，宽容。她曾多次对父母说，我是她最大的牵挂，我过得好，她才能安心。

外婆去世后，妈妈整理物品，从她衣服口袋里掏出一张我的照片。照片被保存得很好，上面封了一层薄薄的塑胶膜，很新，没有折痕。照片上，我扎着两只羊角辫，双手捧束鲜花，穿着红蓝格子衣服，对着镜头轻轻笑着。

这张照片，是我离开外婆回家读小学时，她带我到镇上的照相馆拍的，还特意给我梳了好看的发型。我望着照片，眼眶湿润了。

阳光刺眼，也刺痛了我的心。七岁前，我不知道母亲是什么感觉，是她把我养大，给我比母亲更多无微不至的关爱。她真的走了，世上再也见不到了。她去世时，我在中考，竟然没有送她最后一程。

她离开的十年，我有了自己的孩子，生活在江南，远离家乡，将往事尘封。夜深人静时，想起她，慢慢理解了她的爱和孤独。当我想坐在她身旁，静静聆听她，帮她做一些事情的时候，却永远没有了机会。

多年以后，读汪曾祺老先生的作品，其中有篇散文《冬天》里写道："天冷了，堂屋上了槅子，显得严谨，安适，好像生活中多了一层保护。家人闲坐，灯火可亲。"读到此句感慨万千，那一豆灯火，灯下端坐的老人，永远在我记忆中留存。

每朵花都有开放的时节

邻家奶奶今年六十五岁,竟然出版一本畅销书。听妈妈说,她本是文盲,五年前,才开始学写字。

六十岁那年,她老伴因车祸去世,生活一下子失去了重心,从此变得郁郁寡欢。做教师的女儿担心她闷坏了,就对她说:"妈,你学认字吧。"

认字?这不是开玩笑吗,一个六十岁的老人,能不要别人照顾就不错了,还要像小学生一样开始上学吗?

女儿说:"妈,这有什么呀?现在是人人都能学习的时代,你不要总寻思着爸爸那点事了。以前你不总是遗憾没读过书吗?从现在开始,你学认字。"

女儿的话在她脑海里挥之不去。如今,六个儿女都成家立业,争着给她钱花,可她不愿意,不是自己挣的钱,她花着"不得劲"。她不能这样坐吃等死,她也要为儿女做点什么。

最初,她学认字是为了念故事给孙子听。

学就学,过去那么苦,几次死里逃生,她都不怕,还怕学认字?

下决心容易坚持难。最初的时候，她不知道从哪开始。女儿说："我小时候经常听见你哼歌，你不是挺爱唱歌的吗？"她鼓励母亲从认歌词开始。她把用过的新华字典找出来，教母亲如何使用。

自从学习认汉字，女儿就发现老母亲格外用心，整个人都有了精气神儿。

大街上的广告牌，病历本，菜单，走到哪学到哪，只要有不认识的字她就问。有时候出门在外，没带字典，她就把不懂的字记下来，回来问女儿。

刚学会几个汉字，她就开始照着写。写第一个汉字的时候，她觉得可难了，写写就用橡皮蹭几下，蹭得那个纸黑得呀，像被碳水浸泡过，连手上，身上，弄得都是铅笔灰。

她写字不懂笔顺，写"漫"字，写完三点水，再写个"三"，然后再划两竖。隔了好久她才知道，写字还要有顺序。她写自己的名字"红梅"，拿出来一看是"红海"。一个"树"字能写成三个字，写得咧咧巴巴，手还哆嗦，她打了退堂鼓。

女儿就哄她，说小学生刚学写字时都这样："你不学干啥去？学一个字儿是一个字儿呗。"写到第五天，小学生问老师："你看看我写的字是不是好了？"老师夸她越来越好。

一鼓励就来劲。奶奶一天比一天写得多："有趣儿了，一天我就睡四个小时觉，没觉了。"

就是靠这股韧劲，奶奶越写越顺，越顺越写。绘画用纸，女儿用过的A4单面打印纸，药盒的纸壳背面，作文本纸，还有鲜花包装纸、生日蛋糕盒……家里凡是能写字的纸片，都被她密密码码地写上了字。

邻居们都说她脑子有点不正常，每次路过她家，都往里张望。老奶奶也不理会，只顾写自个的。

时间一晃就过了三年。

121

有一次，她在电视上看到一个老人讲过去的故事，特别感人，她仿佛又回到那个饥荒的年代。她对女儿说："大妮，我也有很多故事。我说你来写。"女儿却说，自己的故事自己写，这样才能写出当时的真实感受。她就在女儿的鼓励下开始写故事。刚开始的时候很多字不会写，就画圈或用拼音代替。

除了一天睡四个小时，她剩余的时间都在写作。写战争时代的生活，闯关东时的"购票证"，她和没见过面的丈夫去领结婚证，她丈夫如何过世，她的父母双亲……

她对女儿说，我写的时候，他们好像又活了一次，就站在我面前看着我。

写顺手后，奶奶对自己要求越来越严格。

有一次，奶奶写了一个故事，起名叫闯关东，结果被女儿连续批评，返工了三遍。

那几天，女儿每天六点多起床，都能发现在那点着台灯，返工作品的老母亲，像钉在那里一样。女儿本想让她写字打发时间，没想到母亲这么上心。

渐渐地，奶奶想起的越来越多，细节也刻画得越来越好，用寥寥几笔就将场面描写得活灵活现，连女儿这个语文老师都赞口不绝。

在写痛苦经历的时候，连回忆都需要勇气。女儿劝她别写了，过去的事情就让它过去。奶奶说："不行，不行，我得写下来，我自己的难事我得写下来，叫我的孩子知道我是咋活过来的。"

经过半个月的痛苦坚持，奶奶终于写完了。女儿看了之后说："妈，我只知道你过去很苦，没想到这苦比我想象得还痛苦百倍。"她把这篇故事放到博客上，很意外，有很多网友关注并留言。

这还引起了一位出版人的注意。他觉得奶奶带有个体感受的故事很有参考价值，决定为其出版。

这件事不胫而走，电视台记者也来采访。

奶奶开心得像孩子一样，她说："没想到老了老了，肚子里的一嘟噜花开了。"

岁月里那个温柔的老人

　　婆婆是个爱做针线活的老人。冬日午后，暖阳融融，她喜欢坐在门前缝缝补补。干活的时候，她很专注，一针，一线，都做得那么认真。

　　有人过来聊天，她仰起头，笑眯眯地搭着话，然后继续穿针引线。路过的人问："给谁做的衣服？"她自豪地说："我扯了布，在给孙子做棉衣。"说的时候，眼里都是幸福的笑意。

　　儿子所有的棉衣，被褥，都出自她的巧手。此外，她还给我弟弟妹妹的孩子做棉衣。我劝她歇着，这些网上都能买到，不用那么辛苦做。她总说："手工棉衣保暖效果好。"本来以为，做棉衣很简单，后来亲自试了一回，才知穿针引线的不易。一件棉衣，从扯布到成衣，按婆婆的速度，最快也要一周。

　　那年冬天，天气寒冷，我坐在房间看电视，冻得直打哆嗦。这时婆婆进来，递给我一件手工棉衣，一双手工棉鞋。她说："我知道你怕冷，这是特意为你做的。不上班的时候，在家穿。"我马上试穿，尺码刚好合适。后来才知道，婆婆趁我不注意，用尺子测量我的衣服和鞋子后，再开始做。

儿子刚出生时，经常尿床尿裤子，小褥子、棉衣、尿布湿答答地滴着水。碰上阴雨连绵的天气，没有可替换的尿布，让人犯愁。后来，婆婆特意多做几套棉衣，专门去街上店里扯了棉料，裁成小方片儿做尿布。

月子里，我不能碰水，她每天帮我洗尿布。晴天，晾衣绳上一排排尿布迎风飘扬，像一串串幸福的音符。我轻轻地对襁褓里的儿子说："儿子，你有一个好奶奶！幸福吧？"

月子里，婆婆给我讲述很多往事。她说，年轻时生孩子，她都没有坐过月子。衣物、尿布都要自己洗。那时的冬天真冷呵，河里的水都结了冰。她砸开冰块，从河里取水洗衣服。等到洗完所有衣服，双手通常又红又肿。整个冬天，手背都是冻疮，痛苦是少不了的，最让人难以忍受的是结痂时钻心的痒。

此外，她的婆婆对她很刻薄，经常刁难她。但婆婆从来不会跟公公讲他母亲的坏话，怕影响母子感情。一个人，默默忍受了很多委屈。我惊讶，也心痛。我只知道他们那个年代的人很苦，但没想到这么辛苦。这还只是她日常生活的一角，她整个青春，在那样的环境下怎么生活过来的？

看着我惊讶的表情，婆婆眯了眯眼睛，微笑着说："以前坐月子不像现在，吃穿用度都讲究。别说有人照顾你，就连吃个鸡蛋都很难。"原来，婆婆对我这么好，是因为吃过苦，受过罪，理解那种被刁难被冷落的滋味。己所不欲，勿施于人，她不会把自己吃过的苦再强加给别人。她的同理心，温柔了我以后的岁月。

婆婆待我如同亲闺女，结婚这么多年，我没有经历婆媳矛盾，省去了很多烦恼。就连我老公都觉得不可思议。我告诉老公，百事孝为先，婆婆用一颗真心待我，我当然要用爱来回报她老人家。

那段城中村的岁月

我在昆山住过的大杂院和拆迁小区，统称它们为"城中村"。在那里，陆陆续续有人搬走，陆陆续续有人搬进来，人员流动很大。

在那里，我见证了人性的美好与丑恶，见证了生活的辛酸与无奈，见证了花季女孩短短几年蜕变成大妈，在生活的磨砺中失去了灵气。我曾与苦苦挣扎在生活最底层的人们在一个屋檐下生活。这些经历告诉我：无论生活环境多么糟糕，我都要努力钻出泥土，活出自己喜欢的样子，女孩永远不能被生活的粗砺打磨得憔悴不堪。

那时我们住在斜泾新村，大渔新村旁边。虽然都是村庄，但环境天壤之别。大渔新村全是新建的别墅，干净宽敞；斜泾新村却是等待拆迁的民房，摇摇欲坠，破旧不堪。房东早就不住了，在院子的空地上也建了房子，把房子全部租给外地人。

一个小小院子，却住十八个人，这些人共用一个厕所和自来水管，每天早上五点到八点，晚上六点至十点，是自来水和厕所最繁忙的时候。小商贩、上班族、农民工……各种职业的人们，先后起床了，进进出出，来来去去，像是在举办一场盛会。

　　经过一夜休整，他们精神很好，粗声粗气有一句没一句地聊着天，嗓门响亮的好像唱山歌。有人曾站出来，请求他们说话放低声音，顷刻间便遭围攻，他们讽刺道："你嫌吵，旁边的别墅清净，你买来住啊。"说完哈哈大笑，高昂着头走过去，一个个俨然凯旋归来的将军。那人被堵得哑口无言，默默回到屋里，关上了门。

　　那条胡同，充满浓浓的人间烟火气，锅瓦瓢盆声，孩子哭闹声，说话声，脚步声，自行车链条声，叫卖声……各种声音，形形色色的人，充满了浓浓的市井气息，仿佛滚滚红尘里的一个缩影。只有在中午时分，人们都上班去了，空空的院子才变得宁静起来，阳光照耀下，一切那么祥和，美好，恢复了江南小院原有的温婉。四季变换，来来去去的人们换了一批又一批，只有喧嚣如旧。

　　夏天，院子里堆满废品和婴儿的尿布，成人的鞋子和衣服，家家门口都有一个塑料盆，晚上，孩子用它来解决小便。空气中发出一股大便的酸腐味儿，路过的人们掩面而过，嫌弃之情溢于言表，只有收废品的大妈淡定自若，面无表情，也许，她是习惯了吧。

　　有月亮的晚上，花朵失了颜色，影子斑驳，一切归于寂静，那时才是花好月圆人长久的好时光，没有争吵，没有聒噪，没有勾心斗角。一轮明月，在晴朗的天空里俯视着我，清辉洒满了大地，提示着我那些挣扎又快乐的像小鸟一样的青春。

　　我喜欢自己做饭，出来买菜时，会碰到"邻居"，日子久了，大家都熟稔，见面微微一笑，打声招呼，气氛不再那么尴尬了。她出生于1988年，生得俊俏，初中毕业后不想工作，直接听从家人的安排，嫁给一名农民工。初次遇见，她第一个孩子才三岁，怀里抱着第二个孩子——一个嗷嗷待哺的婴儿。

　　做饭时，她常抱着孩子过来聊天，一边聊一边喂奶，孩子在她怀里不停闹腾，奶水不够时，小孩会气极败坏地大哭。

到了中午，很多农民工会回来吃饭，他们的工地就在附近。看到我们两个女人在聊天，年纪稍大一些的民工往往猥琐地盯着我们看一会儿，然后目光停留在敞开怀喂奶的女人雪白的皮肤上，他们的同伴还会远远地朝我们吹口哨。我很反感，他们却依旧我行我素，有的人直接骂我假清高，我放下炒了一半的菜，关上门一个人生闷气。

晚上，我睡得很早，迷迷糊糊中，听到外面吵吵嚷嚷，紧接着一阵急促的脚步声，接着听到警车的响声，打开门，看到院子里站满了人，几个民警在维持秩序，其中一个民警在做笔录。

后来才知道，和我经常聊天的少妇，她老公被打伤了。那天他下班回家，看到隔壁出租屋有很多人聚在一起喝酒，就好奇地探听了一下，被酒后微醺的农民工打破了头，顿时鲜血直流，伤口很大，被人送去医院，最终缝了十多针。

事后，尽管赔偿了医药费，少妇依然很气愤，跑过去找他们理论，又被农民工团团围住，不准她愤愤不平。还扬言，谁的拳头大谁是老大。对伤人行径没有丝毫愧疚，得意洋洋，像一个骄傲的胜利者。

如果不是她呼喊同伴，也会被打得遍体鳞伤。

我听了之后很错愕，问她："光天化日之下，他们还能怎么样呢？"少妇说："只要不出人命，他们什么都敢做。亲戚朋友都在这附近工地打工，人多，经常欺负弱小，碰到强者就满脸堆笑。我们的亲朋好友都不在昆山，如果硬拼，只有吃亏的份。"我听了之后觉得很不可思议，原来这个世界，真的有这样的一个角落，一群人，像电影里演的那样，平淡又平凡地生活着，演绎着各自的悲欢离合。

后来，我咨询了律师朋友，她告诉我，可以拿起法律武器保护自己。可惜我再没见过她。知识就是力量这句话，在她身上得到了很好的验证。

有一段时间，我失业在家，当所有人都在睡午觉，我一个人，坐着小板凳，背对阳光看书。微风不燥，时光温柔，那时的小院才是我喜欢的样子。

我告诉自己：要离开这里。这里代表了一种生活状态，人不能永远停滞不前，随波逐流。

那段时光，我总想起鲁迅笔下的闰土，少年时的单纯热烈，中年时的沧桑无奈……我们生而为人，我们又生而不同，不同的选择，不同的命运，鲁迅和闰土不正是这样吗？后来，我换份工作，搬了家，那里一切的人和事都被繁忙的工作抛在脑后。

我跟那少妇再也没有见过面。有一次办事路过，走进去转了一圈，碰到一位熟人，她说，那个少妇现在有三个孩子，生活还是老样子，虽然年龄不大，但体形完全变了，再也没有从前楚楚动人的样子。听说那里经过整顿，现在很太平，居住环境好了很多。

月圆月缺，时光荏苒，在某个不经意的夜晚，偶尔想起那段时光，所有事情模糊的只剩一团影子，我已经忘记当时是怎样一段挣扎的时光了。

原来，时间真是一个美好的东西，你若懒惰倦怠，它就许你一个沧桑的未来。你若努力奋斗，余生它就给你美好时光。

尘埃落定，梦老江南

办完房贷，总算松口气，终于可以不用再租房了。从前年幼，不知道该何去何从，一直在漂泊。在苏州待的日子久了，早已悄悄喜欢上这里的氛围。

从前，每年四五月，皮肤就会过敏干痒。现在，早已告别了干燥脱皮，皮肤过敏，终于不再像小花猫。同事说，我一点也不像河南人，更像徽州女孩，皮肤白皙细腻，性格温柔。虽然有夸张的成分，但这儿的环境的确可以滋养一个人。

苏州是我从小就喜欢的城市，儿时我家中堂挂画就是苏州园林，妈妈告诉我那是一个很美的地方，有山有水有花有草有湖有岛。

学了诗词，才知道苏州文化底蕴厚重，被唐诗宋词浸泡过，被文人墨客歌颂过，每一朝每一代都曾繁华过，歌舞升平，桨声灯影，处处亭台楼阁，烟柳画桥。这里有枫桥的渔家灯火，有响彻千年的钟声，还有寒山寺里的赏花人，一切都浸染了浓浓的古典情怀。

读高中时，我曾算过卦，算命先生说我命中缺水，今生宜居有水的城市。说者无心听者有意，我把这句话悄悄印在心里，加上缘分使然，毕业后就直接来了苏州。

我以为永远是个匆匆过客，苏州只是我命里的一程，最后却决定永远栖居在这里。

去年，我游平江路，去逛热闹的观前街，坐着小船荡漾于护城河，听导游用吴侬软语讲述古老的故事，享受着苏州的慢生活，沉醉在苏州城秋水春山里。没有聒噪，没有烦恼，心静静的，花香香的，人们的声音软软的。瞬间感觉那些风花雪月都淡了，我的世界只剩下草木清风，梦里歌吹江南。

我始终觉得，女孩，应该有女孩应有的样子，就像苏州女孩一样，温婉动人，斯文有礼，而不是走到哪里，就把聒噪带到哪里。

平生最怕别人扯着嗓子大声说话，苏州，就像一个安静的淑女，它从来不虐待你的耳朵，这里的人们说话都是轻言轻语抑扬顿挫的。

苏州生活节奏慢，人们幸福指数很高。对于他们来说，钱，永远是赚不完的，他们不会倾尽一生去赚钱，而是更注重生活的品质。

导游说，自古以来，苏州人就很少去外地工作，能在故乡收入五千，绝不远离故土去争取八千的收入。

那天去苏州园林，导游说，苏州人不攀比，他们虽然比较富裕，但不会一掷千金，你看，马路上的车，一般是十几二十几万左右，于苏州人而言，车只是代步工具，用来遮风挡雨，不是用来攀比的。顺便，他提及北方的消费观，跟南方南辕北辙，似乎脖子上的金链子、金手镯、宝马奥迪路虎等才能彰显身份地位。

我想起了老公的老家，每年春节回去，很多人在攀比谁家的车阔气，谁家赚钱更多，似乎只有这样，才能找到存在感，才能得到别人的认可。我不喜欢那样攀比的生活。日子，是过给自己看的，如人饮水冷暖自知，我不会为了面子装点自己，让自己看起来多么地华丽和幸福，我要的就是实实在在的生活呀。而昆山，就是这样一个让我满足的小城。它是一个公平的地方，努力就有收获，它给每个人均等的机会。

有人说，选择一个城市，就是选择一种生活方式，我深以为然。走在街上，很少看到人们充满焦虑，步履匆匆，而是悠闲自在。商业街上的门店八九点钟就陆续开始打烊，劳累一天的人们更注重私生活的享受，健康的作息和优质睡眠比什么都重要。

我一个同事，她从上海辞职来昆山工作，她说，这才八九点钟，街道上几乎没有行人了，只有几家店在营业，昏黄的灯光在冬夜显得更加寂寞冷清。若是在上海，这个时间点才是夜生活的开始，上海是魔都，是个不夜城。我问她："每天睡那么晚，第二天有精神上班吗？"她说："年轻人，有的是精力，玩个通宵第二天照样浴血奋战！"我不禁佩服她的激情。后来，她很快离职了，因为忍受不了昆山的慢生活，觉得很无聊，又回上海了。

我还有一个同事，她让我把工作换到上海或花桥，想让我感受一下与上海接轨的花桥，那种浓浓的都市气息和生活节奏。我不想去，我还是喜欢小富即安朝九晚五。

有时候想，我是不是太安逸了，为什么不趁年轻拼搏一下，或许，会比现在好一些呢？但朋友说，柳兮，上海和花桥镇的生活节奏太快，你性格喜慢，应该不喜欢那样的环境。于我而言，我已经没有勇气再去陌生的地方，开始新的生活，也不想在陌生的地方，看着冰冷的面孔，体味着没有人情味的人生，只谈论金钱和利益，那样的生活方式不太适合我。我喜欢苏州的慢生活，慢一点，再慢一点，哪怕你今天失业了，一个月呆在家，生活也不会把你击垮。

余生，我不想再违心而活，不想为了钱让生活变得压力重重。我们赚钱的目的，不就是为了活得更惬意更快乐吗？为什么不从现在就开始呢？我只想在自己喜欢的城市，在自己的小小世界安安静静地过日子。

以后的以后，我都会在这边，有空，去钓钓鱼，阳澄湖边骑行，再去看看郁金香……就这样，尘埃落定，留守江南吧。

穷可以让人卑微到什么地步？

几年前，我在城南一家公司做设计，那时穷，手上没存款，租房，无车，每天骑电动车到十八公里外的公司上班，风雨无阻。

俗话说，人穷志短，马瘦毛长。一个人在没钱的时候，再骄傲的人也骄傲不起来了。因为待遇还可以，所以我做事很认真，生怕失去这份工作。对一个设计师来说，当时的收入算很高。自从到了那家公司，我变得小心翼翼，生怕领导一不开心，炒我鱿鱼。

有一次睡过了头，九点上班，我睡到八点四十。快迟到了，我骑得很快，在一个十字路口被急速右转弯的红色轿车给撞了，电动车飞出去五米，我被甩下来，跌落在马路中间，躺在地上久久没有坐起来，后视镜也碎了一地。两边的车辆都停下来，司机一个个目瞪口呆，还有人用手机拍视频发朋友圈。头盔摔裂了，还好头部没受伤，其他只是皮外伤，手上流了很多血。当时再也忍不住，一个人伤心欲绝地哭了起来。

绿灯亮，两边的车辆小心翼翼绕过我开走了，马路又开始川流不息。我坐在马路中间，感觉好狼狈，就试着站起来走到人行道。骨骼剧痛，后来检查才知道是骶骨骨折。本地的清洁工阿姨在旁边大声为我祷告，看得出来她们都基督徒，因为我没有生命危险，她们不停地感谢神。

司机是一个年轻人，看起来和我差不多大，气宇轩昂。他淡定地走过来，看我哭那么伤心，递给我几片纸巾，不知道怎么安慰我。

他报了警，然后说："你要不要去医院检查一下？"还告诉我，不要担心费用，车子买了保险，可以赔偿医疗费用，还有误工费，营养费等。我觉得没什么大碍，又急着去上班，不想去，他坚持要带我去医院，还说："身体要紧，你不要替保险公司省钱。"

那件事是个导火索。我就职的公司很小，经理一向不喜欢我，处处刁难。为了生活，我忍着，任由他联合其他同事排挤我。作为领导，他需要有人吹捧，我却不喜欢阿谀奉承，深深以为，只要把工作做好，按公司规章制度办事就行，没必要处处讨好他。别的员工下班后经常请他吃饭，我是唯一一个没私下请他吃过饭的员工，现在我觉得是我做得不好。

医生建议住院观察，我不得不向他请假，电话那头他笑得很开心，很明显是幸灾乐祸。我沮丧极了，不知道该何去何从，想辞职，却没勇气，因为一时半会找不到合适的工作。马上进入旺季，公司每个人都很忙，我很担心工作没人接替，就发信息给他："我请这么多天假，工作怎么办？你不会开除我吧？我不想失业。"那时我们工作聊天软件是钉钉，消息被对方看过会显示"已读"，他读过我的消息，却没有回复我，我更加忐忑不安。

躺在医院病床上，打开手机，看看招聘网站有没有合适的工作。忽然看到公司在招聘设计师。我们公司设计岗位只设有一人，我并没有辞职呀。没想到这一次，我受伤，他打算换掉我，想把我挤走。

当时好难过，公司这样不近人情，在我受伤的时候抛弃我，那个肇事司机深切的关心和公司的冷漠形成鲜明对比，顿时感觉人情淡薄世态炎凉。我努力工作，处处配合，却被经理这么嫌弃。

他是农村出身，家庭条件不好，至今连房子都没有，孩子在老家留守，同是天涯沦落人，何必彼此为难？一份工作而已，又不是国企，又不是大公司。我想他讨厌我的理由只有一个：因为我穷，我弱势，他觉得我离不开这家公司。

我不明白为什么老板要录用他，还让他做管理。他运营水平很差，直通车都不会开；有点口吃，一句话都表达不完整；爱说室友坏话，经常在办公室谈论室友的私事，没有领导的威严；他没有学历，曾经在工地上做很长时间小工；他爱吃喝玩乐，喜欢在酒桌上吹牛插科打诨；他还势利，喜欢用手中的权力压制员工，乱罚款；他心胸狭窄，得罪他的员工在公司别想安宁……他有一堆罄竹难书的缺陷，全公司的人都知道他不会管理，为人刻薄。

有时候，我甚至讨厌汪总，明知他的为人，为什么还要助纣为虐，让坏人当道。

看到招聘信息，我很生气，眼前浮现他短小粗壮的身材，狡猾的眼神，得意洋洋的表情，还有说话时磕磕绊绊，让听者着急万分的样子。

我对公司失望到极点。俗话说，走自己的路就好，不要吹灭别人的灯。他处处打压，排挤我，在我人生低谷的时候，上天派这样的人来渡我，心情只有自己才能体会。

为了生活，只要他不逼我辞职，我仍然厚着脸皮上班。那时处在人生低谷，前途未卜，心情抑郁，满腔心事，找不到出口。如果再没有工作，我会更伤心，越穷，越害怕失业，越在意别人的眼光。

曾经，我为了五斗米折腰。

我不顾医生的劝阻，办了出院手续，匆匆回到工作岗位。他让人悄悄删除那条招聘信息，我再也找不到了。没过几天，他寻了个由头，把我批评一顿，我不服气，就顶嘴，他恶狠狠地说："你马上辞职，不然我让你混不下去！"从来没有人这么对我恶狠狠地说话，我哭得好伤心，当着所有人的面，眼泪吧嗒吧嗒往下掉，强烈的自尊让我感到羞愤，周围同事的眼光像火焰灼伤了我，痛苦使我无法再继续上班，我收拾好东西走了。

同事们一言不发，被他的威力震慑住，以后再也没人敢顶嘴了。

第二天，他打电话让我回公司写辞职单，我不理会，想起诉他。他仿佛看穿了我的心思，说："你不写辞职单，下家公司不好给你交社保。你别起诉了，公司待你不薄，你生病期间，照样给你发70%工资，汪总还让我去看望你，但你不说在哪个医院，我就没去。"

我的心软了，所有的悲愤却被冷冻了，一切的羞辱都化为了动力。虽然管理人员不好，但汪总对我很好，看在他的面子上，我决定放弃起诉。

我想：以后我要好好努力，离开这个圈子。既然自己的性格跟公司企业文化格格不入，那就好聚好散，就算了吧！从此以后，我更加勤奋，因为我不想再被人选择，当遇到不公平的待遇，可以随时随地离开。

回想过去，如果可以再次选择，我会起诉到劳动局，为自己讨回公道。公司再给我打感情牌，也不会为其迷惑。

过去太穷了，穷得没有自信，没有底气，没有骨气，如果是现在，他那样处处刁难，我转身就走。后来听说，因为他胡乱克扣工资，一个同事把公司告上法庭，最终获赔数万元。

有句话说得好：马行不力皆因瘦，人不风流只为贫。有钱道真语，无钱语不真。不信但看筵中酒，杯杯先劝有钱人。

我不是金钱至上的人，但曾经的经历让我明白：一个人可以没有钱，但不能没有赚钱的能力。社会很残酷，你弱的时候，坏人最多，不是这个世界不好，而是你不够好，见不到更好的。

烟雨江南，相遇如花

村上春树说："我相信所谓的命运不过是一个人的生理、心理、情感、性格等等因素所造成的一个人行动的最终结果。我也始终相信这些因素都是人为可以改变的。不管怎么说，命运是在自己手里的。"

我觉得这句话说的就是米芷萍，她是我去年认识的写作者，在国内大小报纸杂志发表多篇，定居挪威。去年，我曾写过她的故事，发表在《驻外之家》公众号上。

人生路上，谁没有碰到过绊脚石，有的人跌倒，再也爬不起来，有的人却把绊脚石当成登云梯，不同的心态，不同的命运。

她曾是一位自卑的小女孩，从小父母离异，初中毕业后做过服务员，被老板克扣工资。后来，她不甘心一生沦落，报考自考专科学校，主修英语专业，毕业后在上海一家知名企业做行政，在工作期间，独自游历十几个国家。几经辗转，定居挪威，又业余时间学习挪威语，并考取了当地的专科学校。

米芷萍曾说："我是那种很倔强的人，别人越打击我，我越要努力证明自己。"曾经有人说她写的文章不好，她很伤心，但并没有就此放弃，她说："我曾经受过打击，心中有所不甘，那段时间，我不停地写，攒了很多稿件。"后来，她在公众号《民国文艺》《遇见吧啦》《驻外之家》《人民日报夜读》等发表多篇，《女报》《家庭》《散文百家》《家庭百事通》等杂志也发表多篇，如今她已经交了书稿，新书不久上市。

年后，米芷萍回国探亲，途径苏州，我决定和她见面。二月，苏州渭塘阳澄湖畔，烟雨濛濛，润物细无声，万事万物都生机盎然，天气不冷，不燥，时光正好。

到蒋老师的公司时，雪梅姐、米芷萍和家人早就到了，他们在二楼蒋老师的办公室谈笑风生。一进门，看到一个穿着淡蓝色大衣、米色格子披肩的姑娘。暗红色镂空流苏裙，棕色小短靴，整个人显得青春俏皮。

我知道她就是米芷萍，本人比照片更美，旁边站着她儿子和挪威老公。见我进来，小米笑意盈盈，轻轻问雪梅姐："这位是……？"

雪梅姐说："小米，这是柳兮。"

我礼貌地和她打了声招呼，心中有千言万语却不知道如何交流。

我始终以为："志合者，不以山海为远。"我们曾在微信私聊多次，彼此以为，不需要太多官方的寒暄。

她端庄，温婉，一双大眼睛笑意盈盈，整个人看起来很有灵气。说话风趣幽默，相处不累。挪威老公很伟岸，面相柔和，彬彬有礼，斯文儒雅，对小米说话温言软语，关怀备至。

本来，我对外国人有误解，以为他们很开放，随意，其实不然。小米说，北欧男人很绅士，很顾家，在挪威，都是男人带孩子的。席间，小米的儿子始终是爸爸照顾，时不时被逗得哈哈大笑。

短短一上午，我们谈论写作，出版社……永远有说不完的话题。我们都有一个写作梦，深以为，一个写作者应该有些情怀，这些情怀，把我们牵在一起。

我们报了三个相同的写作班，其中有一个还是她推荐给我的。我们同岁，曾经的成长经历有些相似，然，命运还是把我们带到了不同的轨迹。

　　认识她没多久，我便知她是一个坚强的女子，无论环境多么糟糕，她都会努力打好手中的牌。她从不轻易认输，不轻易放弃。"人生没有白走的路，每走一步都算数。"曾经她年少无助迷茫，凭借一腔孤勇和智慧，活成了自己喜欢的样子。

　　生活就是这样，你怎么对它，它就呈现给你什么样子。

母亲手上的味道

小时候，每次母亲抱我，总能闻到她手上的怪味，于是对她说："妈妈，你手上有味道。"她总是辩解："怎么会呢，我刚刚用香皂洗过的。"这时我会执著地拿起她的手，用力吸鼻子，然后嫌弃地说："真的有味道。"这时母亲往往说："那我再去洗洗吧"，或者岔开话题。

即使洗过手，味道依然很重，那是一种刺鼻让人作呕的气味。次数多了，我竟然略带嫌弃，她每次接近，我总是跑开，转过身，就能看到她尴尬失落的眼神。

从那以后，她经常涂护手霜，然后闻一闻。我以为她越来越爱美，后来才知道她想掩盖手上的气味，事实证明无济于事。

我一直以为那味道与生俱来，还担心地闻了闻自己的手，生怕她遗传给我。

读小学时，有一天中午放学，同桌的妈妈来接她，顺便从包里掏出几颗糖给我。我充满感激地接过来，特意打量了她的手：白白净净，没有粗糙的纹路，也没有难闻的味道，十指还染了红红的指甲。同桌看到妈妈，开心地扑向她，像一个被宠坏的孩子撒着娇。当时很羡慕。

长大后，青春期的我越来越叛逆，性格倔强，不喜欢被管束，喜欢悄悄把心事藏在心底，或者写在带锁的日记本里，再把它锁进抽屉。有了这双重保险，我以为我的青春会被妥善安放，谁知在一个冬日午后，我去学校后又折回来拿东西，竟然看到母亲在偷看我的日记！我顿时怒火中烧，跟她大吵一架。我责怪她不尊重我的隐私，哭得很伤心。她心疼地用手帮我擦泪，当我闻到那股熟悉的味道，用力甩开她的手。她怔了怔，把手在围裙上擦了又擦。

后来几年，我和母亲的关系越来越差，毕业后我直接去南方工作，像一只大雁独自南飞。当时心想：我工作的地方，一定要离家越远越好！母亲的电话时常打来，我却总是敷衍过去。等到大年三十那天，我才匆匆踏上回家的列车。

到了家，我站在她面前，她无法压制抱我的冲动，用力拥抱完，她仔细端详我很久，又捏捏我的脸："脸都这么瘦了，是不是外面的饭菜不对胃口。"我闻着她手上的味道，往事历历在目。我清晰记得，童年的我是多么嫌弃这种味道，而现在，无法割舍的亲情让我再也嫌弃不起来。

回到家以后我开始帮母亲做饭。北方的饮食习惯，每次炒菜都要切葱姜蒜辣椒洋葱等，用来当配菜。有一次，我收拾完厨房后准备睡觉，习惯性地做完一套睡前流程：洗澡、涂润肤乳、护手霜，轮到擦脸的时候，我闻到手上有一种熟悉的怪味，仔细闻了闻，突然想起来，是小时候熟悉的母亲手上味道。

当时愣了一下，我做完了饭，洗了锅碗、洗了澡，擦了润肤乳、护手霜，依然遮盖不住切配菜时手上留下的怪味，曾经责怪母亲不洗手就抱我，她无奈地辩解的情景浮现在眼前。

现在看来，她真的是洗了手的，我却一直不相信。

这些回忆让我很难过，小时候母亲是多么喜欢抱小小的我在她暖暖的怀抱，我却任性躲开，让她失落一次又一次。原来，多年的成长才换来这么一点理解。

　　如今，她牵挂的孩子已长大，岁月磨平了我的棱角，也浇灭了我年少时的怒火。亲爱的母亲，我以后会更努力爱你，成为懂你的宝贝。

洞里萨湖，我从彼岸踏浪而来

　　到柬埔寨第四天，导游带我们去洞里萨湖观日落。一群年轻人，怀着对异国风光的无限憧憬，坐上一辆红色中巴车，一路颠簸，穿过一望无际的田野，穿过闹市，最后来到一座码头。那里人头攒动，熙熙攘攘，虽然建了宽大的顶棚，依然挡不住从西边射来的火辣辣的太阳。我慌忙把伞撑开，跟随同伴坐上一艘大船。

　　彼时是柬埔寨旱季，久旱不雨，水平面下降。起航的河道狭窄，水里充满泥沙，偶尔能看见一株水草。轮船疾驰，我们吹着湖风，惬意地自拍，导游拿着扩音器兴致勃勃地讲述这里的风土人情。

　　对面来往船只络绎不绝，两岸风光旖旎迥异。湖岸一边，是黄沙堆积崎岖不平的小路，当地男人赤着黝黑的上身走来走去。岸边停泊着很多船只，那是定居在这的渔民的家。我有点好奇，湖里并无鱼虾，岸边是绵延不尽的丛林，他们以什么为生呢？

　　导游说，洞里萨湖是东南亚最大的淡水湖泊，湖里有鱼有虾，当地居民以此为生。这里最缺的是水和新鲜蔬菜，因为周边没有化工厂，水源没有被污染，湖水就是他们的日常用水。我们目瞪口呆，湖水浑浊，且他们盥洗用水都会倒向湖里，怎么能饮用呢？导游说，如果有钱，可以买桶装纯净水，穷人买不起桶装水，就只能喝湖水。

　　轮船速度越来越快，湖面越来越宽。走了约十公里，豁然开朗，眼前一片汪洋，目光尽头海天相接，天外有天，海外还是海。平静的湖面上偶尔掠过几只飞鸟，不远处可以看到烟火人家。太阳西斜，水面银光闪闪，风微微吹过，竟然有些凉意。岸上热浪滚滚，这里却异常清爽。

　　轮船摇晃起来，我们这只小船，在宽阔的湖面上，是何其渺小，像汪洋中的一叶扁舟。导游指向右前方，雁群飞向的地方是越南，又指着右后方说，那边是越南战士的墓碑，里面安息的是战争中牺牲的人们，因为遗体无人认领，他们就永远栖息在这里，守护着附近的居民。

　　听到战争，心情突然好沉重，在这个遥远的国度，我坐在湖上，遥想当年的枪林弹雨。死伤无数，妻离子散，无家可归……这些词语纷纷涌入脑海。我们生在和平年代，此时离战争却那么近，对岸的碑群仿佛在哀嚎，丛林里不时飞出鸟儿，在夕阳下滑翔着翅膀，留下一抹剪影，它们是那些寂寞亡魂唯一的陪伴。

　　我看到越南的小渔村，看到一排排房屋，还有划着小船劳作的人们，这片水域就是他们的田，他们像农人一样，挥洒汗水，精耕细作，这一切在我看来是那么浪漫。

　　这里的风光与陆地完全不同，别有洞天。沿途经过散落在水上各处的人家，教堂，菜场，学校，最后来到一片闹市。船抛锚后，我们从高高的船头跳下来，来到一片开阔的平地。眼前充斥着各种小吃，空气中弥漫着浓郁的食物香气。入口处是水果摊，果筐里躺着椰子、芒果、西瓜等热带水果，偶见苹果，要么价格贵的惊人，要么早已脱水，皱皱巴巴地躺在水果篮里无人问津。

　　我以为脚下是小岛，才发现站在船上。船船相连，稳稳妥妥停在水上，能承载数千人。石棉瓦顶棚遮住了大大的太阳，站在船上，湖风吹来，帽子被掀起来，我慌忙抓住帽檐。

还没来得及看鳄鱼，我们被一个身上缠着大蟒蛇的小女孩吸引，带着花斑的青蟒把头伸向我，我打了一个冷颤，后来才发现蟒蛇没有牙齿和芯子，无毒，才放松下来。拿起手机拍照，小女孩用浓重的柬埔寨口音说：拍照给钱。她向我摊开手，我掏出几张当地货币。收钱后她冲我笑笑，大眼睛眨了眨，很有灵气，目光单纯清澈，像个小天使。我突然想到，当天是周一下午两三点，那里却有很多孩子在乞讨，他们都不用上学吗？

导游说，学校提供十二年义务教育，但他们不愿意读书，家长也希望孩子能乞讨一些钱来补贴家用。两岁左右，母亲又会怀孕，再也没有精力照顾他们，只好放任不管。这些孩子水性天生就好，即使掉进湖里也不会溺水，他们在水里，就像我们在陆地上一样，习以为常。

洞里萨湖就是乐园，他们可以划着小船到处乞讨，也可以跳下水游来游去，摆出各种姿势配合我们拍照，拍完照拿到小费，他们会用中文说"谢谢"。

看到我给小女孩钱，瞬间有一群孩子划过来，有的坐在大塑料盆里，有的坐在白色泡沫箱里，这些容器足以承受他们轻盈的体重。可惜我兑换的货币所剩无几，只给了几个一元硬币。因为常年接触中国客人，他们似乎认识国外的货币，大概觉得面值小，有点不高兴，转身划向不远处的小船。

船上有他的家人，母亲显然又孕育了一个生命，肚子圆圆，旁边坐着两个小女孩，应该是姐姐和妹妹，一个约一岁的小男孩，皮肤黝黑，短发微卷，横躺在小船里，肚子上搭着一条藏蓝色毛巾，安静均匀地呼吸着，厚厚的唇上飞来一只大苍蝇，还没站稳脚跟，马上被旁边的母亲掸走了。

小船就是他的摇篮，见证了他的出生与成长，护他周全。小船底部漏水，不断有湖水漫进船舱，母亲不停地用瓢舀水。女人怀孕辛苦，理应安心养胎，她却一人辛苦养家，为生计奔波，风餐露宿，满面风霜。

　　她眼中略显疲惫，目光呆滞，表情麻木，对游人的拍照和围观显然已经习惯，看得出她经历太多的心酸无奈，有不甘，但更多的是认命。好想多给她一些钱，可惜身上只有几张当地货币。

　　看起来艰苦的生活，他们也许早已习惯并乐在其中，我们无需揣度其心里是苦是乐，更不能拿国人的标准去衡量其生活好坏，比起对岸丛林里牺牲的人们，有时，能活在这个世界就是一种幸福。

　　个人的命运，有一半是祖国给的。想想他们，居然想国内的家人了。

导游陈阳朔

到暹粒第二天，吃完早餐，我们在酒店院子里拍照，研究摆姿，不知不觉忘了时间。在我们开心得忘乎所以时，一个穿着砖红色制服，皮肤黝黑，梳着电影《赌王》里周润发发型的中年男人走了进来。看到我们，远远地，他嚷嚷起来，催促我们快点出发。

我们慌忙收拾东西跟他走。酒店院内岔路很多，他走得很快，我们怕迷路，一阵小跑。

因为没有按约定时间去坐大巴车，他一边走一边用广式普通话批评我们，几根白胡子气得翘了起来，黝黑的脸上浮着一层汗珠。

刚坐上车，他就拿起话筒滔滔不绝，声音洪亮，笑声爽朗。他叫陈阳朔，以后我们都叫他陈哥。他会讲一口流利的广式普通话，对我们讲的第一句话是：我和你们一样，是中国人。

后来才知道，他是这次旅行的中文导游，生于1973年，是定居柬埔寨的第二代华人，祖籍广东揭阳。1984年，为了躲避仇人追杀，举家迁徙柬埔寨。那时，柬埔寨很和平，又是邻国，是避难者首选。他的祖父曾是临时政府要员，博学儒雅，后因内部斗争站错了队，差点成了胜利者的牺牲品。如果不是他"春江水暖鸭先知"，预感情况不妙，携家眷连夜出逃，现在也许他们全家早就成了一堆黄沙掩埋的枯骨。

爷爷非常后悔，临终前，叮咛嘱咐儿子：如果有机会，一定要回到祖国。

"胡马依北风，越鸟朝南枝"，从前读这句诗的时候，不知道思乡是何意，如今我们身处异国他乡，却倏尔体会到其中的感情。听着陈哥亲切的乡音，和那句铿锵有力的"我是中国人"，初来乍到的我们顿时打消了所有的不安，静静地听他的故事。我们仿佛跟他一起回到那个风声鹤唳的年代，世事如此，时过境迁，他也别无选择。

我问他，现在祖国发展这么好，后悔吗？

他沮丧地说，但如果回到当初，他的祖辈依然会做出这个选择，因为当时的环境不容许他祖父有片刻犹豫。如果不是迫不得已，有谁愿意在中年拖家带口远离故土呢？祖父明知当初的选择是个错误，却无可奈何。一个举动，决定了全家的命运。

记得有个叫张枣的诗人说，只要想起一生中后悔的事，梅花便落满了南山。对于陈哥爷爷来说，他一生中后悔的事莫过于远离故土，埋骨他乡了。

他爷爷也许想不到，躲过仇家追杀，却躲不过当地长达二十多年内战。陈哥出生后，还没有过几年安稳生活，便遇到战争。

他曾被抓去上战场，在枪林弹雨中死里逃生；曾赴越南打过仗，多次被子弹打伤，身上千疮百孔。在一次战斗中他受了伤，子弹从他胸膛穿过，顿时感觉天旋地转，战友们冲锋陷阵的身影，渐渐模糊了，耳边的风呼啸而过，最终他支撑不住，倒下了。他以为自己要死了。周围死一般沉寂，微睁双眼，方知自己身处累累尸体之中，没有惧怕，没有绝望，只有如释重负的安详。

后来，一位越南老太发现了微有气息的陈哥，找人把他抬回了家，并请人医好了他。从此，他远离了战场，也有了新的生命。老太无儿无女，为了感恩，他认她做干妈，直到现在，他还经常去越南探望她。

他虽定居柬埔寨，但依然保留了中国的习惯。从小，父亲就教他汉语。后来，他有了自己的家庭，全家依然吃中国菜，过中国每一个节日，包括过年吃饺子、看春晚、贴对联。他家的对联是女儿写的，为了让孩子学习汉语，他特意请了书法老师，并把女儿送到中国留学。定居柬埔寨多年，他只会少量柬埔寨文，跟别人沟通也用汉语。

2001年，他曾申请祖国国籍被拒，后来他不死心，在广东买了门面房和住宅，又多次申请，终于有了祖国国籍。这些年，他每月都会在中国住二十天左右，他用微信、支付宝，也熟知中国的网络用语。短短几天，"我是中国人"他讲了三次，每次说起都很自豪。

后来才知，华裔在柬埔寨很有地位，他们一般都做着体面的工作，拿着丰厚的薪水。"中国人"这个身份，也让他有了更多的人脉。加上他善于交际，生活和工作如鱼得水，走到哪里都有人对他献殷勤。

陈哥有一个肤白貌美爱他的妻子，他打开微信，从朋友圈里找出一张照片给我们看。妻子曾随他颠沛流离，辗转多处，直到生活好转才过上幸福的生活。但凡爱情，总会遇到考验，结婚后他曾喜欢一个女孩多年，但因已婚身份，只能把这份感情埋在心里。

如果他离婚，依照柬埔寨的风俗，他可以再娶，离婚的妻子却不能再嫁，余生将孤苦伶仃。他说，既然我选择了她，就要负责到底，让她知道中国男人不是背信弃义的人。后来，他果断与女孩断了联系，后来听说她去了越南，从此隔山海，终生未能相见，只有在夜深人静时，他才能点一支烟，回味一下女孩的笑颜。

陈哥脑筋灵活，行走江湖多年却不势利。他告诉我们在柬埔寨的一些注意事项，并帮我们兑换当地货币。来的时候，有的只带了人民币，有的没带现金，他帮忙兑换了当地货币瑞尔，没带现金的朋友支付宝转账于他。他让我们加他微信，紧急情况随时打电话给他，还戏言

"二十四小时为祖国的朋友服务，只要发微信我都会及时回复。"

第四日，我们游洞里萨湖。洞里萨湖地处柬埔寨与越南边境，广阔无垠。一行人都是女孩子，轮船速度很快，激起朵朵浪花，我们开心地大叫起来。陈哥见我们开心，便讲起了历史。

他是时光的见证者，见证了战争与和平，幸福与苦难。沧海桑田只能改变他的容颜，却改变不了澄澈如水的心境。经过岁月涤荡，依然内心如初，年纪越大愈发觉得人生如梦，应该珍惜每一个擦肩而过的人。

他像个说书人，给我们讲述湖岸的自然环境、森林深处的公墓、一些刀光剑影的江湖和往事，还有当下的生活在水上的人们。他像在转述别人的故事，语气平和，没有激愤，没有怀念。

途中，有两个约六岁的小男孩开着小船靠近我们，船离我们越来越近。他们好奇地看着我们并伸出手，口中念念有词。我们听不懂，陈导看到后，用力挥挥手并朝他们大喊，他把一叠货币递给其中一个男孩。

后来我们才知道，他们是专门是向游客乞讨的孤儿，没有条件读书，一生都在水上生活。陈哥每次过来，都会给他们一些钱。

陈哥说，相比这些生活在水上的人们，你们在国内的生活太幸福了。我走过许多国家，许多地方，更加明白祖国的怀抱多么温暖。我们中国人到哪里都以勤奋、聪明而得到别人的称赞。

行程结束后，整理照片，发现手机里存了一张陈哥的照片。才想起，到柬埔寨第二天，我们去游览吴哥窟，他怕我们跟丢，让我们拍一张照片留存。如果跟丢了，带着照片，找任何一个导游，他们会帮忙找到他。

还记得，我们六人走走停停，他在前面带着队伍等我们，等我们走近了，然后说："哎呀，我祖国的女孩子就是麻烦啦，平时我从来不等人的。"

他就像我们的守护神，有了他，我们这次国外旅行异常顺利，初到国外的不适很快被他热情的乡音打消了。回国后整理照片，又想起了那段愉快的时光。

婆婆就是妈

宫崎骏说过，总会有一个人的出现，让你原谅之前生活对你所有的刁难。我一直都觉得自己是个缺爱的人，从小就不是父母的掌上明珠。父母忙起来根本顾不上我。我曾经自嘲是天生天养，整个青春期都在爱的缺失中度过。

收到了婆婆寄过来的荠菜，有十斤吧，用纸箱包装的，满满一箱，沉沉的，提着有点吃力。这是婆婆去地里挖的，不识字的她让小姑子帮忙寄过来。

她知道我喜欢吃野菜，每年春天，万物复苏的春日，她都会去挖野菜，然后择菜、洗净、在开水里烫一下捞出来，或晾晒后收藏，等到野菜的季节过后吃，解一解馋；或者直接把烫好的野菜沥干放冰箱冷藏，用来包水饺，蒸包子。她前前后后忙来忙去，自己很少吃，只是看着儿孙吃着香，便心满意足了。

刚结婚时，有一次炖排骨，汤里放了干豆角，嚼劲十足，香糯可口，我忍不住多吃了几口。婆婆看我喜欢，便经常做这道菜。

151

每次回老家，她一定会杀鸡给我煲汤喝。回家一周，有三天都在喝鸡汤。每次都把鸡爪鸡翅鸡腿全留给了我，因为她知道那是我的最爱。婆婆微笑着说："这是家鸡，我专门养的。"听完之后，不禁热泪盈眶。

怀孕后，她每天变着花样做菜。早上鸡汤，中午鱼汤，晚上炒新鲜的蔬菜。吃完这顿饭，洗洗刷刷后又开始准备下一顿饭的食材。她还让小姑子每天给我去奶牛场挤新鲜的牛奶喝。

那年秋天，儿子出生，她日夜照顾我们，身体不舒服，从来不向晚辈诉苦。玉米大丰收，在院子里堆成了山，白天她帮我照顾儿子，晚上就在院子里剥玉米至深夜。

她很喜欢孩子，一生孕育五个孩子，也照顾过很多婴儿，孩子的一个眼神一个动作，她都能细心地捕捉，懂得他们的诉求，儿子被她照顾得无微不至。

她是村里出了名的老好人，一生乐善好施，从不与人争吵结怨。面对别人的挑衅和冷嘲热讽，都是一笑而过，不与之计较。她说，邻里之间要和睦相处，不能针尖对麦芒。

有一次，一个远房亲戚生事被打。那个亲戚家庭遭遇变故，受到了刺激，头脑不正常，经常骂人，大家敬而远之。但也有好事之人喜欢捉弄他，他便骂了起来，那人就要打他。别人见状，跟着起哄，等待看一场好戏。论辈分他是表弟，他们从小一起长大，感情很深。

婆婆站出来，希望对方不要为难他。他哭着喊婆婆一声"姐"，虽然人傻，但他认得婆婆，平时只听她的话。婆婆生气地说，虽然他头脑有问题，但从不主动害人，他也有自尊。

我劝婆婆不要多管闲事，他的家人都不再理他，你一个远房姐姐，身体又不好，就不要再操心他的事，推推搡搡之下，万一把你推倒骨折了呢？可是婆婆心肠软，执意护着她弟弟。

自从我嫁过来，婆婆就把我宠上天。她经常对别人说，："儿媳是外地人，背井离乡来到这里，所以我要对她好。"后来，她果然比亲妈对我还好。

在老家，住在老宅总觉得害怕，她便从别的房间搬来与我同住。怕我寂寞，忙完家务就过来跟我闲聊，聊他们那个年代，他们的青春。有时她还开着"敞篷跑车"（三轮车）带我去别的镇，去田里挖野菜，去附近池塘赏荷。

她聪明内秀，没读过几本书，懂得却非常多。心理素质非常好，善于察言观色，懂得照顾别人的情绪。我不止一次地对老公说："希望儿子的性格像奶奶，有一颗平常心，开开心心生活。"

看着眼前一堆青青荠菜，我不禁热泪盈眶。闭上眼，回想这些年一起经历的点点滴滴，满脑子都是她对我的好。

那个香樟树下的婆婆，那个带我去摘花椒的婆婆，那个每年柿子成熟给我留柿子，玉米成熟给我留玉米的婆婆，那个经常做菜给我吃的婆婆，已深深俘虏了我的心。我早就把你当成亲妈，我经常自豪地对别人说，婆婆就是妈，我有两个亲妈。

童年如梦，与外婆牵手的素色时光

  2000年中考前夕，外婆离开了我，无忧无虑的我第一次尝到生死离别的滋味。小小年纪的我一直以为死亡很遥远，以为时光会永远定格在那个美好的年代：有人疼有人宠，有人给做新衣服新鞋子，还会有人给我买钢笔和书本，做了好吃的会给我送到学校，我挨打永远会有人给我挡替我开脱，我永远不需要自己拿主意，所有的需求都会有人打点好……我虽然不是富贵人家的公主，可也有普通人家的温情。

  这一切，都是外婆给我的。妈妈是外婆最宝贝的女儿。她一生孕育三个儿女，不宠舅舅不宠小姨，唯独宠爱我妈。我出生后，她把对妈妈的爱延续到我身上。

  我出生在外婆家镇上的一个诊所，她自然而然地负责照顾妈妈。妈妈初为人母，没经验又没耐心，不会照顾婴儿，外婆只好把我留在身边。没想到从此我在外婆家长住了。现在想想，我是最早的一批留守儿童，因为那个年代的小孩都是跟父母一起生活的。

  有人说，人的记忆很奇怪，他们会深深记住很早之前发生的事情，对最近发生得事情反而忘记得比较快。确实是这样的。记忆中，外婆家有枣树、葡萄树、香椿树，还种了木槿花和鸡冠花。院子里有一块被开垦的菜园，有鸡圈和鹅圈。因为她不喜欢养猪，所以没有猪圈。

每天早上，她都会给我煮个鸡蛋或者鹅蛋，而我最讨厌吃蛋黄只吃蛋清。为了不浪费，吃蛋黄的任务就留给了外公，因为外婆也是不吃蛋黄的。

外婆从来不让我做家务，甚至连扫地都不让我做，不是我娇弱，而是她太疼爱我了。他们那个年代的人闲不住，总是很勤快，喜欢事事动手。家具干净，房间干净，衣服干净，到处都是清新的味道，就连院子她都打扫得一尘不染。

那时的院子没有水泥地，每逢雨天，经常泥泞不堪。为了改造，她费了很多心思，最终决定和外公一起铺了一层沙子，这样，雨过天晴，院子被冲刷得干干净净，不再泥泞。

那时我最喜欢做的事情就是玩沙子和泥巴，有时鸡鸭鹅从栅栏里跳出来，把院里的花草踩躏得东倒西歪，我和外婆一人一支竹竿，东一下西一下围剿，最终它们不情愿地回到老巢。

春天，草木吐芽，院墙边的香椿树引来了众多的采撷者。通常刚刚冒出尖尖的芽，还没来得及长大，就成了人们的盘中菜。我经常在外婆不注意的时候偷偷爬树，动作敏捷得像猴子。外婆发现后，怕我摔下来，并不责备我，而是温柔地让我快点下来。

初春的日子，我们吃得最多的就是香椿煎蛋，香椿煎饼，香椿卷。有时外婆正在做饭，酱油用完了，外公自然而然地担当打酱油的任务，我往往是那个坐着等吃的人。现在想想真的不懂事。

夏天草木繁盛，屋内异常炎热，早上和黄昏是我们在树下纳凉吃饭的时刻。阳光从葡萄叶子缝隙中射下来，在地上留下斑驳的树影，微风吹来，树影婆娑，我则坐在小板凳上吃着外婆给我煮的面。

晚饭后，外婆带我去树林里捉蝉蛹。捉蝉蛹的人真多。树林里都是萤火虫般的火光，星星点点，微风吹来，大人们忙用手护着灯芯，生怕被风吹灭。那些蝉蛹，有的刚刚破土而出，有的已经爬到树上，看到有光照过来，便加快速度往树上爬。我负责拿瓶子，外婆则不停地把它们放进瓶子里。不到一个小时，瓶子里装满了这些小东西。

回到家，外婆把它们洗干净，放在盐罐子里，这样第二天早上就能入了咸味。夜里，可以清楚地听到蝉蛹挤在一起发出窸窸窣窣的声音。第二天，外婆就把它们摆上餐桌，而我经常是不吃的，外婆也不吃，通常是外公风卷残云般消灭它们。

小院的秋冬季节很荒凉。秋天，树叶相继凋落，铺了厚厚一地。外婆早晚扫两次庭院，把落叶堆积在院子一角，等到晴天摊开晾晒，干了做柴烧。一阵西北风吹过，天气一下子转冷。

晚饭过后，我们通常是早早就寝，那时还没有电视，唯一的娱乐就是听外婆闲话家常，她一边纳鞋底一边给我讲过去的故事。20世纪90年代的农村落后贫瘠，没有娱乐，一年四季守着身边的风景。至今我对童年记忆犹新，它并不是色彩斑斓的，但充满温馨。

今年春节，我和妹妹去舅舅家，顺便去了外婆曾经住过的院子。那里荒草丛生，房屋已经坍塌，到处是断壁残垣。外婆外公去世后，舅舅便把门锁了起来，从此无人再踏足。

不知不觉进了院子，回到曾经生活的小天地，一切都变了，不再是我小时候那个宽阔的天和地。屋里中堂挂画还在，卧室墙上贴的报纸、壁画如昨，只是蒙了一层厚厚的灰尘，旧凳子东倒西歪，只有那张实木床依旧坚实。

那是我小时候坐过的凳子，从出生就睡的床，主人去世多年，它们还坚守着老屋。表嫂说，这屋子也真奇怪，若有人住，无论多少年它都不会腐朽。一旦空了就坍塌特别快，像一台机器一样，一旦停止运转会生锈。我深以为然，自然界的微妙之处，我们这些俗人是参不透的。

　　表哥表姐结婚后，相继有了孩子，原来的宅子不够大，舅舅便把家搬离这里，另择他处居住。留下这个院子，还有他的老宅，也留下了那段美好时光。

　　"一样花开一千年，独看沧海化桑田。一笑望穿一千年，笑对繁华尘世间。"纳兰容若的词，总是能戳到我记忆深处。花开花谢沧海桑田，人成各，今非昨，梦中锦绣，茅檐燕子年年。

　　现在对于外婆的离开，我只有深深的缅怀，没有当年的悲伤欲绝。时间会冲淡一切的哀伤，一个成年人应该做的，就是好好的活着，而不是沉浸在过去的回忆之中不难自拔。

一个自律的人有多可怕？

网上看到一个帖子：2009年第一次减肥，每天跑步一小时，一个月瘦了16斤，我觉得减肥没那么难。2015年戒了烟，至今未抽过，我觉得戒烟没那么难。2016年戒了肉，至今未吃过，我觉得控制食欲没那么难。2017年再次减肥，志在必得，400米操场每天30圈。一个月减了20斤，真的没那么难。2018年6月戒了酒，至今滴酒未沾，我觉得戒酒好像也没那么难。上个月开始每天五点起床，二十年计划，现在每天到点自然醒。

看到这个帖子，我只觉得，有些人之所以没成功，是因为对自己不够狠，不逼自己一把，永远都不知道自己有多大潜能。我们每个人身上都有非常巨大的能量，这些能量像宝藏一样蛰伏着，我们需要找一些适合的方法把自身的宝藏激发出来。

俗话说"万事开头难"，有时候，难的不是事情本身，而是开始的那个决心，破釜沉舟，背水一战的勇气。一旦我们克服了障碍，把自律当成一种习惯，就会发现事情并没有那么难。

著名作家严歌苓五十多岁了，身材挺拔纤细，皮肤光滑妆容精致，她活得像个少女，走到哪里都是一道风景。同龄人站在一起，就像别人的女儿，她能有今天的美丽和成就，靠的就是高度自律。

她每隔两年就出一本书，每天伏案写作六七个小时，从早上写到黄昏，每隔一天游泳一千米。在最初创作期，她曾有过三十四天没睡过囫囵觉的经历。

少女时代，她在部队当文艺兵，每天四点半起床拉腿：把腿搁在窗户上，两腿拉成一条直线，背部挺直，每天坚持做形体训练。直到现在，她依旧高度自律，坚持创作、塑形、提升。在丈夫面前，她都永远以妆示人，永远保持美丽和神秘感。她喜欢做事带着一股"凝聚力"，不喜欢空虚混沌的状态，也不喜欢经常给自己放假的感觉，她觉得那样会让一个人变得堕落和懒散，生活失去仪式感。

她说："我当过兵，对自己是有纪律要求的，当你懂得自律，那些困难都不算什么。"

有人说，做好一件事情并不难，难的是一辈子坚持做好一件事情。有的人从十八岁开始吵着减肥，减到八十岁还是胖；有人每天信誓旦旦地说不熬夜，结果还是凌晨两点睡觉……结果，年复一年日复一日，生活还是老样子。

去年春节，在老家小镇上，我看到了当年的班花，如果不是她喊我，我都没认出来。她头发干枯毛躁，发质看起来很糟糕，皮肤暗黄，有干纹，笑起来眼角皱纹比较深。她不再苗条，梨形身材，腿粗了很多，穿搭也很随意，完全没有了当年的灵气。她和我同岁，研究生毕业，现居广州。

说起她当年，真的只有一个字：美！皮肤细白，鼻梁高挺，眼睛是迷人的丹凤眼，跳起舞来墨发飞扬，她学习也好，说起话来声音温温柔柔，像南方女孩。我当年非常崇拜她，无数次幻想自己和她一样美丽的样子。我当时想：她生活不富裕吗？过得不好吗？怎么变化这么大？后来看了她的朋友圈，才知道她并非生活窘迫，相反，她现在是高管，经常出国出差，生活条件肯定还可以。

后来聊天才知道，这些年她经常熬夜，压力大，失眠，经常暴饮暴食来解压，对外在没有太多的追求，一心扑在事业上，等到事业有成时才发现：青春不在，美丽不在。

她对我说，没想到你现在比读书时漂亮许多，这么多年，一点都没有变化，皮肤还是那么好，果然不保养是样子老，保养还是老样子啊。我笑而不语，她肯定不知道，这些年为了阻止发胖我付出多少艰辛。十年了，我几乎五点之后没吃过晚饭，饿了只吃水果。

冬天，天气冷，特别容易饿，水果太凉不想吃，我就煮冬瓜、青菜充饥，因为青菜热量低，不容易胖。而我，偏偏就是易胖体质，只要吃晚饭体重就会增加。此外，我经常锻炼，每天十点前准时睡觉，每天睡八九个小时。坚持做面膜，睡前护肤，坚持养生……这就是美丽的代价啊。

我们自律，并不是想证明什么，而是不想浑浑噩噩地活着，那种空虚，懒散，会让我们的生活变得一地鸡毛。我身边经常有吵着减肥的人，减了很多年，体重只增不减。也有人看了别人身材苗条，报了瑜伽塑形班，结果一年没去练过……

你想要多自律，就有多自由。有时候，你努力改变自己，在外人看来你很傻，但实际上，正是为了能够跳出原来的圈子，改变自己的命运，选择了比别人更加努力地生活。要想活得更好，就要让自变得更好，想看到更好的风景，就要更加努力，接受脱胎换骨的改变！

夏日里最美的相逢

7月6日，苏州作家蒋坤元两本新书发布会在苏州甪直举办，很多文友从天南地北赶来道贺。线上聊千遍不如线下见一面，有些人很早就认识，今天终于见到本人。

我、慧慧，云朵在昆山，雪梅姐在上海，我们约好一起从昆山南站出发，半个小时就到达甪直。到酒店的时候，才来几个人，有些是陌生的面孔，他们静静坐在大厅，晓风则和妻子忙着分发礼品。

发布会由铁扇公主和玉琼主持，蒋老师和晓风等策划。总务蒋坤元，住宿晓风，书与礼品分发玉琼、与秋、陌上尘，引导徐建平。全会分为六个环节：

1. 酒店前台签字报道，领书和礼品
2. 午餐
3. 自我介绍、作品分享、文艺演出
4. 晚餐，7月6日日程结束。

7月7日，8：00—12：00甪直古镇游，13：00以后自由活动

一

　　会上，蒋老师分享写作历程。创业之初，他去拜访客户，别人送名片，他送书。对客户来说，名片只是薄薄一张纸，冷冰冰，千篇一律，而一本书，涵盖的信息量很丰富，没事的时候，翻一下，就能更多地了解这个人。

　　从前他在蚌埠当兵，从握笔那一刻，就没有丢弃过。他说，写作离不开烟火，生活里有大智慧，有百味人生，脱离生活的文字是空洞的，没有营养的。

　　从前生活的乡下，有蛙声有鸟鸣，有沉沉的稻穗和清清的小河，如今村庄已消失，时代在变迁，他是社会发展的见证人，他要把老一辈人的生活写出来，给后人以参考，让那段时光在这个世上得以永存。

　　在那个以农耕为主的年代，经济不发达，阳澄湖畔，江南水乡发生了许许多多的故事。老一辈中很多人不会提笔写，会写的人也懒得写这些故事，随着时间的流逝，它们随着村庄一起消失了。

　　那些故事像珍珠一样沉到渭塘河底，散落在时光里，从此无人知晓。蒋老师就是把这些故事打捞起来，穿成珍珠项链的有心人，他让它们重见天日。

　　他主要写纪实作品，取材于乡土，所有的文字都是献给家乡的礼物。

　　90年代是纸媒的红利期，他发遍大大小小的报刊，很多人读着他的文字长大。后来纸媒萧条，很多报刊停发，他开始写书稿。现在，他在网络平台发文，坚持用真名，从前的很多读者从网络中找到了他。

　　他不仅坚持写作，还做慈善，经常给贫困山区捐款捐物。他是虔诚的信徒，每天去祠堂念佛，相信善有善报，为人父母要为儿孙积福。他说，父母是孩子最好的名片，作为父母，不要把孩子的名声败坏，把孩子的福气耗光了。

他们村有一个人，喜欢吃喝嫖赌，最后把两套拆迁房输掉了。过几年，儿子到了适婚年龄，谈好了女朋友要结婚，打算装修房子，才知道房子被父亲卖了。气到无语，但无济于事。女方父母知道后拒绝了这门婚事，因为，有其父必有其子，有那样的原生家庭，孩子能好到哪里去？

他就是故事贩卖机，小故事蕴含大道理。写作时，有人喜欢指点江山，他选择无视。因为他知道，一个人不可能讨每个人喜欢，只要觉得有意义，就坚持做。

有人说，如果文字不能给你带来利益，你还坚持写下去，那就说明你是真的喜欢写作。他坚持写了几十年，出版三十多部著作，文字慰藉他创业之初那段黯淡的时光，虽然没有给他带来巨额的财富，却价值连城。

最终他写成了大家，小故事里蕴藏了生活的智慧和为人处世哲学。有人曾说，一个写作者，必须有超前思维，站得比读者高，看得比读者远，这样才能带领读者拔高。

一个企业家的作家，在商海驰骋，见过形形色色的人，遇到各种糟心的事，从风雨里走过来，其格局比寻常人要大很多。其大格局在文字里就可以窥见。

蒋老师告诉我，文字颐养身心，但不要全职写作，先把工作做好。本职工作养人，文字则养魂，我们在确保衣食无忧的情况下，才能写出好的作品。如果写作者自己连温饱问题都解决不了，本末倒置，这样写出来的文字有什么意义？还有谁看呢？

文人必须有爆发力，把自己的生活过好，写出的文字才有力量。

二

印象最深的，就是与君成悦的演讲。本以为她只是娇弱的南方女子，没想到她在手臂受伤的情况下，一个人带着娃从南宁赶来，可见其韧性。

她脱稿演讲，不疾不徐地讲述了毛毛虫蜕变成蝴蝶的故事。从前，她在大学校园遇到先生，两人裸婚，一贫如洗。他们曾住在闹市破旧不堪的出租屋，恶臭熏天，蚊子漫天飞，像个吸血鬼。

先生经常出差，她一个人守着空荡荡的屋子，自说自话。马桶坏了自己修，灯泡坏了自己装，孩子生了自己带，俨然一个女汉子。经济窘迫的时候，她不好意思向娘家伸手求救，一个人咬牙坚持。

有一次，楼上的邻居扔下很多死老鼠，那些尸体就在她窗外的露台腐烂，发臭。她掰开不锈钢的防盗窗，戴上做家务的手套，绝望地把这些死老鼠清理掉，并暗暗发誓：一定要努力，绝对不能任生活鱼肉！

命自我立，福自我求！如果不努力，她就像一个蚂蚁一样，渺小，无助，为了基础物质奋斗，没有人知道她来过这个世界。不努力，她只能任人打，任人宰割。

最后，在身上只有五万元的情况下，果断借钱买房。如今这套房子市值翻了十倍。她业余时间利用文字变现，写剧本，接文案和拍摄，如今在省会城市买了二套房子，有了安身立命之本，她再也不是当年那个哭泣的小姑娘了。

三

如果不是认识齐帆齐，我可能不会进步这么快。她用温暖治愈了我的抑郁。从前我心态一直不好，遇到她，我变得阳光，宽容，她让我知道：苦难是一笔财富，是上天对我们的恩宠，不是每个人，都会有此"殊荣"。

去年阳澄湖聚会，我脸皮薄，一上台就脸红心跳，她鼓励我要大胆自信，积极尝试。告诉我：一个写作者也要有良好的演讲能力。那是我第一次走出来。在此之前我一直宅在家里，大门不出，二门不迈，除了公司和菜场，偶尔逛逛商场，看看电影，没有几个朋友，生活单调。

在这个世界，除了亲人，没有人会管你的悲和喜，每个人在生活里演绎着自己的悲欢离合。

齐帆齐不同，我毫无保留地把心事告诉她，她安慰我，开导我，声音纯粹悦耳，像一个小女孩。隔着冷冷的电脑屏幕，我能感觉到她的善良和温度。她温柔，脾气好，不暴戾，没有中年女人身上的暮气沉沉。她不势利，为人大度，和她相处的日子，如春风拂面，感觉很舒服。

去年四月，她说，要和雪梅姐去拜访蒋老师，那时我和她不熟，但很想去，因为我住的地方离阳澄湖很近。我只是提了一下，她却记住了，后来便叫上了我。

见到她第一眼，我的感觉是：骨感美人，端庄，亭亭玉立。如果我是男人，我可能会爱上她吧，她身世凄苦，却知性漂亮，男性都有很强的保护欲，最喜欢这种柔弱又坚强善良的女孩，我见犹怜，和她相处没有压力，想把最好的都给她。

后来，我和她一起去了柬埔寨，同吃同住，千年修得同船渡，百年修得共枕眠，一起穿越万水千山，踏歌天涯，从来没有这样开心过。我内向，沉默，她鼓励我在群里经常冒泡，活跃一下，告诉我：要自信，不要惧怕别人的眼光，活得无畏无惧，活出自我，活成一个有血有肉的人，不要在一个角落郁郁寡欢，世界是大家的，是你的也是我的。

从认识她到现在，她进步很大。无论是文字，还是思维，跳跃式的成长。这次她和云朵在台上朗诵，听着她的声音，似乎不认识她了，无论是普通话，还是表达能力都进步很大。我问她怎么做到的？她说，没有诀窍，就是坚持输入，打破思维。她买了好几箱的经典，粗读后精读，摘抄，写读书笔记，经常与优秀的人接触，久而久之，她也变得优秀了。

这次是第三次见面，中午，室外气温很高。我们顶着烈日在签到处拍照时，她到了酒店，风尘仆仆，随意穿了一件淡蓝T恤和浅色休闲裤，比从前更瘦，身材笔挺，显得很有灵气。

吃完午饭，在分享开始时再次见到她，一身淡蓝色薄纱连衣裙，一字领很好地展示了精致的锁骨，皮肤白皙，有徽州女子的温婉。因为她，我认识了很多安徽女孩，对那个山清水秀的地方印象又深了一重，安徽人杰地灵，连女孩都这么水灵，果然一方水土养一方人。

听到主持人介绍，才感觉，蒋老师和齐帆齐的魅力真大，能吸引这么多文友从外地赶来相聚，换成别人，在这炎炎夏日，可能很少有人愿意带着孩子从千里之外赶来吧。

我曾对齐齐说："你是我第二个贵人，蒋老师是我第三个贵人，以后的以后，还会有第四个，第五个……因为你，我变得阳光，懂得感恩，你给了我很多建议，我全部吸收。而蒋老师，我从他身上学会了为人处事和格局，宽容和隐忍。"

有时候，一个智慧的人，无意中一句话，可能就会让你醍醐灌顶，打开思路。三十岁以后的女人，她的脸就是生活的见证，是灵魂的召见，对此我深信不疑。只有博大的胸怀，怀着一颗感恩的心，才能把苦难过成花的海洋。

四

我是在李菁的公众号上认识杨华的，她的儿子杨炅灵天赋很高，才读初二就博览群书，现在进入了少儿竞赛班。

十三岁，他就很有主见，暑假他在学校补课，这次聚会妈妈让他请假过来，他权衡再三，还是放弃，因为请假老师会不高兴，而且落下的课程，回去要加倍补回来，压力很大。

杨姐姐分享了儿子成长中的趣事，她说，儿子天赋很高，很机灵，成长中碰到许许多多的问题，有时她都搞不定。这两年，她开始学习心理学，希望可以借此帮助儿子成长。在座的每个人最终都会是家长，孩子教育不好，再成功的家长都是失败的，再有钱的父母也是贫穷的，因为孩子的成长只有一次，好的原生家庭是基石。

想想自己，就不是一个合格的家长。年纪轻轻，还没有成熟就生了儿子，不会照顾婴儿，生下来就丢给婆婆。那时太年轻，还没明白怎么做一个合格的母亲，转眼他就长大了。我们成年人一生都在学做人，而孩子，刚刚来到这个世界，更需要有父母正确的引导。我要了她一本签名书，她和儿子的亲子成长手记《你的九岁，我的九岁》，那些发自肺腑的话语，溪水一样静静流淌的文字感染了我，我决定把儿子带在身边，从此再也不分开。

漫步耦园,行走在江南的时光里

从我记事起,我家中堂挂画楹联两边就挂着苏州园林的美景。一边是耦园,一边是拙政园。也许生活在北方的父母,对外面的世界很向往吧。

初次听到耦园,我就想:那里一定有一方水,水里,一定种满了荷,荷的下面,一定有很多的莲藕。来到以后才知道不是这样的。耦园寓意二人并耕,躬耕田园的主人是沈秉成和严永华,他们是才子与佳人的结合,男人早慧好读,是道光二十九年的举人,曾在朝为官。女人则是才女,心灵手巧又贤惠。耦园是他们倾心打造的居所,夫妻二人曾在此"枕波双隐"八年。

耦园处于曲径幽深之所,大门藏于古巷深处。门前没有拙政园和狮子林络绎不绝的游人,行人几乎断绝,只有飞鸟往返。她像一位养在深闺的大家闺秀,一个人静静地临镜梳妆,做那个临水照花人。

进了大门,曲径通幽,仿佛置身于山水之间。青石小道,溪水潺潺,空气中弥漫着植物清香。怪石嶙峋,草木各异,长廊遮天蔽日,天气虽然炎热,可这青翠草木早已带走大部分暑气。我的世界仿佛只剩下眼前的家园和头顶的一片蓝天,我终于明白沈氏夫妇为什么在此一住就是八年,直到沈秉成被朝廷重新启用才依依不舍地离开。因为上有天堂下有苏杭,苏州风光旖旎,而耦园,把苏州的亭台楼阁小桥流水发挥得淋漓尽致。整座府邸以楼环园,房屋数间,随处可见雕花木窗,竹质栅栏,虫鸣低吟,宛转空灵。这里的一山一水,一草一树,松风翠竹,清溪花影,都像经了禅一样,可以让路过的人们拂尘涤心。来到这里的人们,只想寂静地在此度过一生,只想活得淡然与释然。

据闻,耦园多次易主,也曾被战火摧残。曾被当作员工宿舍、仓库、托儿所,曾经历岁月更迭,见证历史变迁,像一位饱经风霜的老人,对每一位来客,诉说着曾经的沧海桑田。门廊上木纹的裂痕,贯穿了多少苍茫。斑驳的墙壁里,有遗忘不了的记忆。这里有唐宋风采,明清家具,有春花秋月,穿越千年,化一纸隔世绝响的诗篇。古老的家具,蒙了一层厚厚的尘土,那是岁月的沉淀。室外烈日当空,室内沁静清凉,室内室外两个世界。遥想当年,主人于堂中正襟危坐,谆谆教诲儿孙,那场景是何等温馨。

正沉思着,导游带着游人进来。他兴致勃勃地讲解,游人听得如痴如醉,然后尽情拍照。待他们散去,我一个人静静抚摸门廊。导游讲解的故事,我没有记住,也不去探究。过去的,就都留给历史。不过问,这里的主人曾经是谁,发生了怎样的故事,我只需静静感受这份宁静就好。

耦园与别处的园林截然不同。别处假山碧水翠竹多于亭台楼阁,以美景为主,耦园则是以楼阁为主。各个房间均有走廊相连,五步一景,十步一窗,走走停停,有石椅可歇,有木背可靠。据说这个靠背叫美人背,是夫差为了让美人舒服地斜靠,特意命人打造。回廊环绕处,假山绿树小桥流水被妥帖安放,在走廊任何一处驻足都能将园林景致一览无遗。无论风吹雨打，都可以廊下赏花，喝酒，吃茶，听曲，闲敲棋子落灯花。站在石桥上俯瞰碧水，倒影在绿波中散开，片片落叶在水中飘零。此时诗意盎然，时光从此慢了下来。

现在想想，古人的设计果然精巧，也很有雅趣。如今有几人能有这样的情趣，将庭院布置的精巧别致？为了生活，我们忙忙碌碌，放弃采菊东篱的悠然，为了理想努力奔跑。为了能在城市有一方小天地而忙碌，对比之下，还是古人懂得享受生活啊。

载酒堂是主人会见宾客的地方，红白喜事，宴请宾客都会在此。大厅宽敞气派，墙壁上装裱着字画，案几上摆放着寿石、瓶花。寓意长寿，平平安安。旧时人家，青花瓷自然是不能少的。瓷瓶里随意盛放着一轴轴字画，足见主人喜爱诗书，是个风雅之人。古人尚且如此，我们今天的住所，有个书房就很难得了，更不要提琴棋书画诗酒茶。也许是浮躁占据了我们的心，多少人终日奔波劳累，心为形役，哪里还有闲情逸致醉心琴棋书画呢？

大厅两旁是偏厅，绕过偏厅就是出口。据说，宾客来访时，女子是不能进正堂的，只能躲在幕后聆听。古代礼数虽多，但女人们有此雅趣之所，也着实令人开心。桌子是半圆形，分两边摆放。起初不解，桌子不应该是圆形吗？后来才知道，这是一种暗示。旧时男主人不在家，女主人便命人将半圆桌分别置于厅堂两边，以告诉来访者主人不在，可择日再来。男主人在家时，女主人便会将两个半圆桌拼凑成一个完整的圆桌。

假山上是另外一个世界。石凳，石椅，篱笆，在时光里安静着，有一种与世无争的美。

心累了乏了，厌倦了喧嚣，就进来坐坐吧。来这里，读书品茗，百思不得其解之时，抬手摘一片桂花的叶子，闭上眼闻一闻，冥想一会儿；或者举目远眺，看人来人往。当年主人是这样消磨时光的吗？

假山下，是幽深的石洞，仅有一人高，两边不时飞出怪石，你得用心感觉，不然很容易撞到头。走在洞里，一点也不因为眼前的黑暗而害怕，因为能看见洞口的微光。只需往前走几步便豁然开朗，不知不觉就到了洞口。

　　与往日不同，我没有做个匆匆过客。我在石椅上坐了一上午，背靠木柱，看燕子悠然掠过屋檐；看风轻轻吹过树梢，吹皱一池碧水；看阳光洒在树上，碎了一地，斑驳的光影像极了游来游去的银鱼。身边游人去了又来，脚步匆匆，空气中灼热的温度仿佛在欢迎他们的到来。

　　他们也和我一样，被这静谧的时光润了心田。偶尔对视，我笑了笑，她也笑了笑，不说话，转身去别处了。也许这就是擦肩而过的缘分吧。

邂逅定园，在一盏绿韵里共晨昏

　　定园是明代开国将领刘伯温的私宅，刘伯温在我心中是一个神仙般的人物，上知天文，下知地理，精通风水，会奇门八卦，甚至史书记载，刘伯温死前卜了一卦，五世之后他的后代会飞黄腾达，事实证明果不其然。刘伯温在我心里就是一个传奇，我对其私宅向往已久。很想知道当年叱咤风云的人物，住的是怎样的神仙洞府。不知道他的定园，可还有当年的蛛丝马迹？

　　地图上的定园形状狭长，一条河贯穿整座园林。水是苏州的特色，也是苏州的灵魂，定园作为江南园林之一，园内布置自然离不开水。五行之中，水主财富，但凡有水的城市，经济大都比较发达。刘伯温又何尝不知这一玄机，在进门的地方就设置了假山和流水。山寓意靠山，又有人丁兴旺之意，"前有照，后有靠，青龙白虎两边抱。"用这句话来形容定园的建筑布置一点也不为过。但凡里面有建筑的地方，背后都有假山，旁边必有流水。后有靠山，前有流水（即财富），左青龙右白虎，两神兽守护，这样的府邸，也只有懂风水的刘伯温能布置出来吧。

园内多杨梅，槐树。大多数人参不透玄机，以为只是随意栽种，其实不然。导游说，杨梅有扬眉吐气之意，槐树多籽，寓意多子多福。我们才恍然大悟。遥想当年刘伯温为躲避朱元璋的迫害，告老还乡辗转来到太湖之滨的苏州，挥斥千金建造此园，从外面看朴实无华，进了门却暗藏玄机，低调又不失风雅，想来刘伯温对此园定是下了不少功夫。一方面希望远离迫害，一方面又希望多子多孙家财万贯，想来神仙一般的人物也不能免俗，都贪恋世间的安逸和荣华。

园内有两口井，位于小桥两侧，一为西施照，一为郑旦照，相传是供两位美人梳妆所用。旁边亦有楼阁，里面有西施和郑旦的雕像。两位美人一定想不到，穿越千年之后，不仅史书留名，更被后人怀念，瞻仰，虽是弱女子却在历史上掀起了惊涛骇浪，他们那个年代的女人，多数被历史的风沙掩埋，正如百年之后的我们，在时空销声匿迹一样。

这里随处都是竹林，垂柳，亭台，楼阁，走着走着，一抬头，就能看到一座拱门，一条小路曲径通幽，竹影婆娑，树叶沙沙，再走几步，又是别有洞天的世界，庭院深深深几许，杨柳堆烟。彼时，再无行人踪迹，时光安静悠远，对于一个喜欢安静的人，或许可以在这坐上一整天。园林中镶嵌着园林，刘伯温的私宅这么大，得添多少人丁，遥想当年盛景，家丁来来去去，每日忙碌，该有多么繁华。

这座别院，恐怕他鲜少踏足，也许他这一生都不曾把这片园林走完，虽为隐居却还是把自己困在笼子里，府邸再大又如何，开国大将又如何，到头来还是守着四时光景过日子。

越往里走，行人越少，走到最后，行人几乎断绝。来到一片梅林，春寒料峭，白梅、红梅竞相绽放，初春的阳光透过葱郁的叶子，在石板路上留下斑驳的影。我以为走到了尽头，哪知峰回路转，路的尽头还是迂回的路。

我累得气喘吁吁，坐在河边的石头上问摇橹的阿婆，这可是定园的尽头了？阿婆哈哈一笑，小姑娘，这座园子大着呢，你再走两个小时，或许走的完。语毕，唱着江南调荡舟而去。

　　沿着路往回走，又欣赏了河的另一边的风景。出了大门，一辆辆大巴车鱼贯而入，车上陆陆续续下来男女老少，他们的行程才刚刚开始，我却要回去了。想起一首诗：

　　　　你站在桥上看风景，
　　　　看风景人在楼上看你。
　　　　明月装饰了你的窗子，
　　　　你装饰了别人的梦。

　　可不是么，他们千里迢迢来看别人的风景，远处的我却望着他们来来去去，看着他们的穿着，表情，猜想他们的故事。不知道他们来到定园，看了眼前的风景，有何感想？

　　春风拂面，还有些凉，收拾心情，匆匆归家。

附录　前世今生

爱你不问前尘旧梦

牢狱之灾

他,东宣国皇帝——南凌风。她,莲逸山庄庄主的女儿楼星吟。两个没有交集的人,却因缘际遇地开始了一场绝世爱恋。

牢房里,楼星吟虚弱地躺在地上,头发埋在干草里,她艰难地睁开眼,轻轻吐出吃进嘴里的杂草。

"嘎吱"一声牢门被打开了,一位衣着华贵美艳动人的女子走了进来。屏退众人,她缓缓走到她面前,看着她狼狈的样子,有一种释然的快感。

"师姐,没想到你也有今天。"她冷冷地说。

"星辰,你为什么要陷害我?你明明知道,你小产不是我害的!"星吟悲愤地说。

"不是你害的?那是谁害的?师姐,你本来就该死!有你在,我永远感觉不快乐！我流产了，你却怀孕了！是你的孩子克死了我的孩子！"星辰突然发疯地说。

"来人！"随着她一声令下，走上来两个太监。"把这碗打胎药给娘娘喝了！皇上说了，娘娘武功被废，身体虚弱，若生下畸形龙子恐有损皇上颜面。"她挥挥手，转过身，面对牢房的木桩，嘴角挑起一抹淡淡的微笑。

"不要……"楼星吟拼命挣扎，奈何势单力薄，像受伤的小猫一样可怜又无助。两个太监死死抓住她，强行灌下一碗汤药。

"咳咳咳……"伴随着一阵阵咳嗽，楼星吟被狠狠丢在地上，脑袋撞向地板，顿时头晕眼花。

此刻，她恨死了皇上！恨死了南凌风！不爱她，还强行娶她，听信谗言，废她武功，打掉她的孩子！此刻，她心如刀绞，绝望地闭上双眼。

她感觉下身一阵湿热，低头一看，裙子下缓缓流出淡淡鲜血。她的孩子，就这么没了！这么恶毒的男人，再也不会喜欢他了！如果，她还有命在，还能出去这牢房，她一定会浪迹天涯，再也不回来。也不会再想着给爹爹报仇，她实在没能力，因为武功被废了！

"皇上，娘娘已经喝了汤药，晕过去了。"睡梦中，听到一个太监说话的声音。

"嗯，你们都下去吧！"南凌风站在她面前，高高在上地俯视她。看着她憔悴的样子，完全没有了昔日的风华绝代，不禁心中隐隐作痛。

他，这样做对吗？他喜欢星辰的乖巧温柔，喜欢她可怜兮兮的样子，她是那么弱小，那么善良，他总想保护她。那天他亲眼看见她和星辰推推搡搡，结果星辰摔倒了，肚子里已经成形的皇子就这么没有了！

她，楼星吟，不仅是一个武功高深的江湖女子，还是一个医药圣手，她那么强悍，医术精湛，不可能不知道孕妇最忌讳摔倒！星辰快要流产了，她在旁边却不肯施救！想到这里，南凌风就会发疯。

177

"你这个心如蛇蝎的女人！害死我和星辰的孩子，死一万次不足惜！"他抓住她的双肩，把骨头捏得咯吱咯吱响。

她痛得晕了过去。

他废了她的武功。曾经，也曾赞过她是奇女子，和她比划过功夫。她身轻如燕，功夫俊俏，在拳下灵巧地穿行，他始终都碰不到她。最后他使用师门绝活——隔空点穴，她不能动弹，才输给他。

从此，他知道了她的死穴——怕痒，所以隔空挠她胳肢窝。她难受地咯咯笑，疏于防范，才会输。

如今虽然废她武功，但对她仍有一种说不清的情愫和愧疚。所以，星辰请求他下令打掉孩子的时候，他口头答应，暗地里，派人把打胎药换保胎药。

她肚子里的孩子是他的。虽然她罪大恶极，但孩子是无辜的，他得留下。他给自己找了个很好的理由。冥冥中，他希望她为了孩子能留在身边。从前，她总说要走，去查当年杀死爹爹的凶手。她武功高强，不需要他的任何保护和帮助，她的无视让他愤怒！

星辰就很好地迎合了他的胃口，弱不禁风，处处需要呵护、照顾，偶尔还对他撒撒娇。楼星吟就不会这样！如果废了武功，她就需要他了！所以那天他下手特别狠，把她双肩锁骨击得粉碎！

"南凌风，你放我走吧！现在我的孩子没有了，我们两清！"楼星吟看都不看他一眼，怔怔地望着牢房上的窗口，眼神微弱而涣散。

嫉妒

爹爹已去，娘死得早，喜欢的男人把她关进大牢，废她武功，害她孩子。现在她什么都没有了，只求快快离开这里。

"离开？你休想！"南凌风咆哮起来："我要关你一辈子！慢慢折磨

死你！你这个恶毒的女人！"

自从她来到宫里，就天天吵着要离开，说要找出杀害爹爹的凶手，为爹爹报仇。其实他早就安排侍卫去悄悄调查此事。

她爹爹——莲逸山庄庄主楼一鹤，武功高强，医术高明，在江湖上赫赫有名，看楼星吟的功夫和医术就知道他本领有多强。

楼一鹤被江湖人惦记，可不是因为他的医术和功夫，而是他持有的本门秘籍——一本有关排兵布阵，攻城略地，制造武器的兵家之书。江湖传言，得此书者得天下。现在时局动荡，各国江湖人士、皇帝大臣都虎视眈眈，都在暗自寻找此秘籍。南凌风派侍卫调查楼一鹤之死，也有私心，他又何尝不想得到那本奇书。

如今可是内忧外患啊！楼星吟，如今武功被废，又怀了他的孩子，他更不能让她走，不然她一出狱，就会有各路人马盯上她！她一个女人，单枪匹马怎么活下去？隐隐的，他对她竟动了恻隐之心。

"好好看着娘娘，好茶好饭伺候。没有我的允许，谁带来的饭菜都不能给她吃！"南凌风对带头的狱卒说。

这天夜里，南凌风没有来楼星辰这里夜宿。楼星辰惴惴不安，心中又隐隐不平。现在楼星吟武功被废，孩子也被打掉了，按理说，她应该放心了。可是她心里仍然不舒服！皇上心里，明明对楼星吟还有好感！他废她武功之后，脸上一闪而过的疼惜之情，还有他下令打掉她胎儿时瞬间的犹豫，他对她一点也不决绝！甚至很多次看到皇上和楼星吟比划功夫，那种知己般的体贴和知遇之情，让躲在假山后观看的她感到很不舒服！

南凌风是喜欢她的，多少次对她说，喜欢她的温柔。每当此时，他越是强调他喜欢她，楼星辰心里越是不安，好像他在刻意告诉自己他爱的是她不是楼星吟。此外，她和南凌风除了床笫之欢，再无别的话题。她说话，他总是心不在焉地听着，嗯嗯回应。但和楼星吟在一起时，他脸上呈现的是真正的快乐。

她嫉妒！

此刻夜里静悄悄。楼星辰穿好衣服，来到牢房，把带来的好酒好菜赏给狱卒们吃喝。

里面有蒙汗药，吃了这道菜，喝了这壶酒，够他们睡几个时辰了。看到楼星吟坐在地上一笔一画地写着什么，她不预理会。无论她做什么，她都觉得碍眼。现在，她穿着破烂的衣裳，顶着凌乱的头发，她的脸蛋还是那么美！

楼星辰幽幽地说："师姐，你都这么落魄了，还这么淡定，你不恨么？"她接着说："皇上废了你的武功，打掉你的孩子，他这么讨厌你，为什么不杀了你你知道为什么吗？因为你手上的师门秘籍！"楼星吟听罢，脸色微微一变。继而继续在地上用力刻字。

"皇上志存高远，聪慧果断，必能成为一代明君。他若是能得到你的秘籍，必将如虎添翼，攻城略地无往不胜！"

"师妹，你知道的，本门从来就没有什么秘籍！你劝皇上还是别费心机了。"楼星吟淡淡地说，始终未曾抬头看她。

大火

她知道师妹楼星辰恨爹爹。怪爹爹不传授她武功，不把医术悉数传授于她，只把她先天的虚症治好了。她只学到爹爹医术的一点皮毛。星辰有先天虚症，爹爹千辛万苦寻找药引天山雪莲和千年灵芝，几次差点丧命，幸运的是星辰的虚症终于痊愈。

爹爹说，星辰此生可能不会有孩子，即使怀孕，不足月便会流产，是等不到生产的。这一切，星辰都知道的。她不这样想，她只当爹爹没有尽力医治她，从来没有把山庄当成自己的家。

不好好学习医术，心浮气躁，不用心识别中草药，好几次用错草药，差点出人命。除此之外，还多次偷偷寻找本门秘籍。想来她来投奔山庄，也就这两个目的吧，一个是治好自己的病，另一个是为了本门秘籍。爹爹看她身世可怜始终不忍责怪。

"师妹，你是山庄的一员，爹爹当年待你不薄，现在他被人杀害，师哥师弟惨死，难道你不心痛吗？不想为他们报仇吗？"楼星吟悲愤地说。

"师姐，我进皇宫，不就是为了借助皇上的权力查出杀人凶手吗？"楼星辰激动地说："师姐，你把秘籍给我，我帮你跟皇上求情，放你出去，再派人查出凶手为师父报仇！"

楼星吟呵呵一笑。

是南凌风派她来的。他不忘牢狱中的她，让师妹做说客，对她果真"情深"啊！只是，这本门秘籍，在爹爹交给她当天，她就烂记于心然后焚毁了。因为爹爹说过，留着这本秘籍，会招来杀身之祸。结果，爹爹说这句话后第二天就被人害死了。

楼星吟揭开大牢地板，从中拿出一卷羊皮，层层揭开后，取出一本泛黄的书。还没等她开口，楼星辰迫不及待地夺去。然后面露诡异地笑容说："师姐，你总算聪明一回。"她顿了顿，"皇上说了，拿到秘籍之后，你就可以离开了。"

她迅速锁上牢门，然后走出去，外面一片寂静。突然，牢房内的煤油灯被打翻，干草迅速被引燃，火光冲天。楼星吟慌了，她被单独关在这里，牢门被锁死，此刻叫天天不应叫地地不灵。

她呆呆地坐在那里，一动不动。既然是预谋好的，此刻叫喊，也没有用，只能被活活烧死。

"南凌风，我恨你！永远都不会放过你！"她绝望地宣誓。

大火烧了两小时，狱卒才通知皇上。等南凌风赶过去，牢房已被烧成废墟，外面，躺着几具狱卒的尸体。再往里面走，一具烧焦的尸体横在地上。淡绿色裙角依稀可见，腰间的玉佩赫然躺在灰烬里，纤细的手指已被烧焦，皮肤被烧得焦黑，露出阴森森的白骨。

这一切的一切，都在告诉南凌风——楼星吟已经被烧死了。南凌风心疼地闭上双眼，虽然他不喜欢她，但也不想看到她惨死。这样也好，她再也不用受苦了，不用活在这个尔虞我诈的深宫。

一只蝴蝶在尸体旁边停留片刻，再从牢房的窗口飞走。他蹲下来，小心翼翼地端详玉佩，这是她贴身带的，不会错了。

正在沉思着，余光瞥了一下旁边的干草，这时他看到地上刻的字：我恨你！他的心一惊。是啊，她恨他。恨他对她所做的一切。

"皇上，这是从星吟娘娘身上找到的。"一个侍卫拿出一方锦帕。上面用血写了一段话，其中有句："皇上，星辰说她当年救了你，你可曾想过，她手无缚鸡之力，不会武功，医术平平，她是如何把你从雪山背到山洞里的？"南凌风沉思。

故地重游

很多天了，南凌风都没有再去找楼星辰。楼星辰每日翘首期待坐立不安，不知道南凌风怎么突然转了性子，不来宠幸她了。就算她穿上了最漂亮的衣裳，去他经常练功的地方"偶遇"，他也淡淡从她身上扫过，不予理会。

本以为除掉楼星吟，后宫就没有人跟她争宠了，没想到反而弄巧成拙。师姐啊师姐，你真是我的克星。你活着，我不开心，你死了，还是害我倒霉。就连死了，你也不肯把秘籍交给我，用一本假的秘籍来糊弄我！实在可恨！

这天，南凌风突然来找她，说要带她去看看他们相遇相知的地方。她欣欣然，拍手叫好。

"星辰，你师姐死了，你怎么一点都不伤心呢？你不是最善良最注重感情的吗？"南凌风盯着她问。哦，对了，皇上最喜欢她的善良，温柔，她差点忘了。

"皇上，星辰怎么会不伤心。这些日子，常常夜不能寐，回想起我们姐妹在一起的点点滴滴，不禁悲从中来。"她象征性挤下来几滴眼泪。旁边的丫鬟也连声附和，声称星辰娘娘最近吃不好睡不好，常常思念星吟娘娘。

南凌风带她来到一个边远小镇。此镇叫渡月镇，是星辰救他的地方，也是莲逸山庄所在地。

来到昔日熟悉的地方，星辰很不高兴。"皇上，你带我来这里做什么？星辰一点也不喜欢这里。"

"星辰，这是你曾经生活很多年的地方，也是莲逸山庄所在地，也是你我相遇的地方，你不是经常想念这里吗？难道你不想去看看师父？"南凌风疑惑地说。

"是哦……是哦……皇上，至今我都难以忘怀。师父惨遭杀害，可惜凶手逍遥法外。"星辰悲伤地说。

"星辰，别伤心，我已经派人在查找凶手了。"南凌风安慰道。

"查……已经在查了吗皇上？"星辰结结巴巴惊讶地问。

"是的，我说过的，我要让你幸福，不让你背着仇恨生活。"南凌风说。

他要带她去爬雪山。雪山就在镇边缘，站在热闹的集市上，远远可以看到巍峨的雪山。山上常年积雪，鲜有人踏足。当年他还是王爷的时候，带兵出征，和北渠国交战，凯旋归来时，惨遭副将背叛，暗算，最终落于马下，受了很重的剑伤，且剑上有毒。他昏死过去。副将以为他已死，带兵回宫。

醒来的时候，他睡在一个山洞里。火把照得很亮，旁边一名蒙面女子在给他熬药。

"你醒了。"蒙面女子过来帮他熟练地换药,他盯着她看,看得她不好意思起来。她有一双月牙一样弯弯的眼睛,清澈如湖水,安静又深邃里充斥着淡淡的忧伤。

那段时光,她始终蒙面示人。他不懂,她却明白,自己的脸在莲逸山庄的大火中被毁,正在用草药治疗,疤痕丑陋不宜见人。爹爹被杀当晚,莲逸山庄莫名其妙着火,她在睡梦中被师哥救起,躲到密室。最后师哥死了,她得救了,但容貌被毁。

她和爹爹的饭菜都被下了蒙汗药,爹爹一向谨慎,这次却疏忽丧失性命,想来下药的一定是身边最亲近的人。昏迷后发生了什么事情不得而知,只知道醒来时山庄已经烧起了大火。而爹爹,被人杀害后又烧死。师妹楼星辰在大火后消失,直到她在皇宫里遇见她,才知道星辰还活着。是谁的心这么狠毒?他们莲逸山庄素来不与人结怨。

爹爹去世后她一个人躲了起来,偷偷调查凶手。熟悉的人都以为她在大火中丧生。因为容貌被毁,大火熏了嗓子,声音变了,没有谁认得她。所以她可以毫无顾忌地走在大街上,以纱遮脸,掩盖丑陋的容貌。

那天,她去山上采药,碰到了奄奄一息的南凌风。医者的身份让她动了恻隐之心,她把他背到她住的山洞,尽心医治。幸亏他碰到了她楼星吟,换成别人,他的毒无解,必死无疑。

现在他醒来,伤也痊愈,归程的日子近了。这天,他坦白告诉她自己是王爷,回去后要迎娶她。她不以为然,不反驳也不质疑,深知缘分自有天定。他说他喜欢她的恬淡温柔。相处多日,他只知道她是莲逸山庄的人,姓楼,身背深仇大恨。

回宫后南凌风陷于深宫争斗脱不开身,等到处理完政敌当上皇帝,再派人来寻找恩人,她已经不见了。直到看到临幸的牌子,才知道她就在身边。所以他格外珍惜楼星辰,加倍对她好。只是对于救他的事情,她只字未提。也许，她也有她的苦衷吧。

现在带她爬雪山，她叫苦不迭，不停要求歇息。一会跌倒，一会怕冷。看她勉为其难的样子，南凌风说："星辰，我记得当初你说过，你最喜欢看天山的雪景。那里天高地阔，一片无垠，站在雪山之巅，心中感觉无比淡然、纯净。"

"是的……是的……皇上，星辰一直都喜欢看雪景。"她慌忙站起来，拼命往前走。

这时她才想起来，皇上当年被政敌暗算受伤，被莲逸山庄姓楼女子所救，曾经在此疗伤。这么多年，他一直把她当救命恩人，她也就点头承认，独获恩宠。其实她知道，救皇上的是师姐楼星吟。莲逸山庄楼姓女子，除了她就是师姐。

原来师姐并没有死，她还活着。但能从大火中逃生，容貌肯定受损，师姐从小就疼她，让着她，又极其爱美，这几种因素加在一起，她断定师姐不会来拆穿她。没想到后来她也阴差阳错进了宫，而且脸蛋比以前更美！

"师父啊，你真偏心，对女儿那么好，这么好的驻颜术也不教给我。"星辰埋怨道。

战场上的女将军

三年后。

朝堂之上，大臣们叽叽喳喳讨论。北渠国安分这么多年，最近又来侵犯。带兵的是两位将军，骁勇善战，来势汹汹，屡战屡胜。他们不仅武功高强，而且还很会带兵打仗，排兵布阵，攻城略地无往不胜。这样下去东宣国恐怕有亡国的危险啊！

南凌风坐在龙椅上，一脸凝重，食指轻扣龙椅，沉思着。

星吟，如果你还在，你一定会帮朕出谋划策，朕出征时可以把你带在身边。

现在说什么都晚了！想起她，就心痛。最近总做恶梦，梦见血肉模糊的脸。他对她下手确实太狠了！南凌风的脸略显憔悴，胡子也像杂草一样丛生。

他决定御驾亲征。

溧河之滨，两军对垒，战鼓宣天。北渠国两名战将——尉迟风和冷漫心，骑着战马，威风凛凛，傲视一切，根本没把他这个皇帝放在眼里。

他很愤怒，但很快平静下来。骄傲，也得有资本。他就不信这个世界上，还有人比他武功高强。

"狗皇帝，你终于来了，今天就让你做个亡国之君！"冷漫心挑战道。

听到这个声音，南凌风心中一惊。"好熟悉的声音！"这个明显是女声，干脆，悦耳。男人的声音不是应该嘹亮、铿锵有力吗？对方身材修长，体型健壮，根本不是女人，明显女扮男装。

"你一个女人，不在家安心相夫教子却出来学男人打仗，竟然还口出狂言！我不要和女人打，我要和你打！"南凌风指着尉迟风说。

"还没打你就怕了？和谁打，由不得你！"说着，冷漫心踏马杀过来，南凌风不得不迎上去应战。

几个回合下来不分胜负。对方身材纤细却武功高强，从来没有见过女人着一身戎装，见她英姿飒爽不由得心生敬佩。对方武功高是高，不过她的双肩好像受过伤，使不上力，招数虽狠却没有力量。

见他一直在躲始终不肯还击，副将急了，大声喊道："皇上！战场之上无男女！您可不能手下留情啊！"南凌风这才回过神，刀光剑影招招应对。突然他剑锋一偏，想刺她双肩，目光一瞥与她对视刹那，他的心一动，那个眼睛，好熟悉！只是她始终蒙着面穿着盔甲，不知道真容。

见他走神，她猛地踢了一下他的战马，马儿受惊，扬起前蹄嘶鸣，继而狂奔。她扬起马鞭奋力追赶。这时尉迟风也追了过来，大喊"穷寇莫追！"冷漫心才勒马而归。

第一仗，东宣国被打得溃不成军。

冷漫心

东宣国军营。

"报！皇上，微臣已经打听到了。那个女将军叫冷漫心，是尉迟风的妹妹。"侍卫说。

"尉迟风哪来的妹妹？两国交战多年，从未听说过他有一个妹妹。"南凌风问。

"听说是他远房妹妹，从小跟随师父修行的，从未露过面，出师后才被北渠国熟知。"

无论她是谁，现在他被一个女人追着打，真丢人。她是星吟吗？为什么眼神、声音那么像星吟？如果是，为何见了他那么淡定？那么平静？好像不认识一样？又为什么要投奔北渠国，帮着北渠国来侵犯他的国土？难道她还恨他？

不！星吟早被那场大火烧死了！即使长得相似，也是巧合。

现在要好好部署一下，他可不想做亡国之君。

第二天，他没有再手下留情，在交战时紧扣她双肩，使她无法用力，直接把她掳到军营。傍晚，篝火升起。南凌风掀开帐篷，示意侍卫松绑。

此时她脱下了一身戎装，长发及腰，像瀑布一样倾泻而下。她缓缓转过脸怒火中烧看着他。

看到她的刹那，他一惊。

"星吟……"他喃喃地说。

"呸！狗皇帝！谁是你的星吟！我是冷漫心！"

真是太像了。

"你的肩是怎么受伤的？"他问。不提还好，一提双肩，她就生气！是他！南凌风！为了宠妃楼星辰，废她武功，还放火烧她。害她走投无路差点被烧死，如果不是贴身丫鬟冒死救她，也许葬身火海的就是她了！

那种孤独、绝望、悲愤，她至今难以忘怀。当年冒死救他，把他背到山洞，替他治伤，为了采药，好几次她险些跌入悬崖。后来他回宫了，并没有如约迎娶她，而是迎娶了师妹楼星辰。

起初他以为他弄错了，后来她委婉提起当年救他的事，却被他制止！他不相信她的话，反而觉得她挑拨离间别有用心，他宁愿相信师妹楼星辰的话。

现在她与南凌风隔了千山万水，她不再认识他——一个背信弃义的人。面对质问，冷漫心扭过头去不再说话。

"查出来了吗？"南凌风啜了一口酒问。"皇上，奴才只打听到冷漫心有一个三岁的儿子，其他的事一概没打听到。"

"星吟，你竟然有孩子了？是跟尉迟风的孩子吗？"南凌风沉思着。不管你承认不承认，我知道你就是我认识的那个楼星吟！直觉不会错。

两次交战，南凌风就发现尉迟风对冷漫心不是一般的关切。他把她的生死看得比自己的命都重要。他看她的眼神，哪是一个兄长该有的眼神，眼神里分明充满了欣赏、爱恋和疼惜。

她上前应战，尉迟风在旁边观看，全然失去了方寸，失去了平日里一个大将该有的冷静。见她被掳走，他带兵追了几十公里，差点中了南凌风的伏兵。他和尉迟风交手多次，深知这不是尉迟风的风格。唯一能解释的原因就是他喜欢她！所以才会方寸大乱以命相搏。只是，冷漫心喜欢尉迟风吗？

等等！……他南凌风想这些做什么？她喜欢谁跟他有关系吗？南冷风叹一口气，揉了揉太阳穴。

夜里，微醉的南凌风感觉一阵寒光。躺在床上的他，喉咙上抵着一把冰冷的剑。

冷漫心！她要杀他？是他大意了。她武功那么高，普通的绳子怎么可能邦得住她？他没有反抗。反而淡定自若，牡丹花下死，做鬼也风流，更何况死在酷似心爱之人的手上。自星吟"死"后，他再无眷恋，没有女子可以替代她。只是身负家国重任，不能一死了之，更不能浪迹天涯。

他深情地望着冷漫心，温柔地说道："星吟，是你吗？你是我的星吟吗？你还爱我吗？"

说完，用手紧紧抓住剑锋，顿时鲜血直流。冷漫心吓一跳，慌忙丢掉剑柄，连连后退。

南凌风却趁着微醉，紧紧抱住了她，深情吻她，她挣扎到无力，最后任由其摆布。事后，冷漫心后悔不已。她以为她忘记了他，没想到再次见到他，又陷进了他的柔情里。

回到军营，看到她失魂落魄的样子，尉迟风知道他们相认了。他叹了一口气。一切都是天意，更何况她还有南凌风的孩子。当年楼星吟深陷火海，忠诚的丫鬟救了她，做了她的替身。而他，身为北渠国的将军，为了取得敌国军事机密，一直潜伏在深宫。大火熊熊燃烧时，他趁乱把受伤的她抱走。

到了北渠国，她每天寻死觅活，后来发现自己有了身孕，便又有了求生的欲望。他一直默默陪伴她，却没有打动她的心。他尉迟风可是举国女人仰慕的男人，一个威风凛凛英俊潇洒的大将军啊！最后竟然还比不上一个深深伤害她的人。她心里一直都装着那个狗皇帝，不然不会对他恨之入骨，还精心抚养他们共同的孩子。

交战结果，两军协议各自后退二十公里，并且十年内互不侵犯，休养生息。

真相

东宣国，上书房。

"查的怎么样了？"南凌风问。

"皇上，奴才已查出，当年莲逸山庄的大火，和皇宫里牢房失火，作案手法是一样的，凶手习惯性的先下蒙汗药，再纵火……"侍卫娓娓道来。

"您让奴才查莲逸山庄楼一鹤被害和牢房失火，奴才经过勘察发现疑点众多，所以认定是同一个人所为。"

南凌风见他吞吞吐吐，厉声说："有话直说！免你无罪！"

"奴才怀疑是星辰娘娘所为。奴才打听到，星辰娘娘自小就有虚症，是不能生育的，即使怀孕胎儿也会不足月早产。"

听着侍卫一一禀报，南凌风不禁怒火中烧。这个恶毒的女人，害死师父还不够，还要害师姐。幸亏朕及时换下打胎药，不然朕就是那个亲手杀死自己孩子的罪人！

来到楼星辰寝宫，楼星辰慌忙相迎。

"星辰，你说你当年救了朕，朕想问你，你身子柔弱，是怎么把朕背到山洞里的？你给朕治病的药方可还记得？"

"皇……皇上，事隔那么多年，药方星辰不记得了。"星辰支支吾吾地说。

"星辰，朕身躯庞大，你如何把朕背到山洞里的？朕记得那天带你爬雪山，你可是累得气喘吁吁，自己都走不动呢？"

南凌风凌厉地看着她。楼星辰被他盯得双腿发软。这么多年，他信任她，宠爱她。可是渐渐发现她的异常。派出去打听的侍卫说，她悄悄打听莲逸山庄的用兵秘籍，四处寻找。

他一直觉得奇怪，那本书没有记载驻颜术，也不是医学武学秘籍，一本用兵的书，她要它做什么呢？

后来才知道，她早与政敌南肃王勾结，成了他的胯下常客，早就背叛了他。没过多久，南肃王果然叛变，他深夜杀进深宫，身边的丫鬟、太监都早已被南肃王收买，南凌风四面楚歌。

他早料到有这样的结果。还好他早早预备一千死士，关键时刻帮他杀出一条血路。只是他没想到她能来——冷漫心。

关键时刻，她一身戎装带人马厮杀。擒贼先擒王，她把南肃王打得落花流水，差点砍了他的项上人头。

南肃王曾想过勾结北渠国，偷偷派人到北渠国送信，若北渠国能助他登上皇帝宝座，他将奉献三座城池作为谢礼。冷漫心作为北渠国大将军的妹妹，怎能不知其中的苟且，得知消息后她马上带精兵杀过来。

为什么帮他？也许因为他是孩子的亲爹，她给自己找了一个很好的理由。一时间，皇宫血流成河。楼星辰在逃命之际被乱军杀死。

肃清了政敌，朝野上下交口称赞，政治一片清明。

南凌风遣散了各宫嫔妃，顿时后宫寂静了。

宫门外，一辆马车缓缓而来。车上坐着冷漫心和儿子。

"母亲，父亲真的是个皇帝吗？"小男孩一脸英气，像极了南凌风。冷漫心微微一笑，爱恋地把他搂在怀里，经历这么多磨难，终于守得云开见月明。

血玉

星茗正在梳妆台前发呆,门"嘎吱"一声开了,文柏兴冲冲地走了进来,摇了摇手中的锦盒说:"茗儿,你看看我给你带来了什么?"隧迅步向前,打开锦盒,剥开层层绸布,一块青翠无瑕的美玉静静躺在红绸布中间,在红绸布的映衬下璀璨至极。

星茗马上送给文柏一个大大的赞许,迫不及待地戴上,这玉好似量身定制的一般,圈口大小正好合适,轻轻一推便溜到了皓腕上。日光下更显青翠通透,把手臂衬托得更加雪白纤细。

还没等星茗开口,文柏仿佛知道她要说什么,随手拿起旁边的杯子猛喝一口水道:"上次我们去逛古玩市场,看你对这个玉镯很是喜欢,你走后我就想悄悄买下。"

他喝了口水,接着说:"谁知店老板说,这是他们的镇店之宝,原本是不卖的,这玉在等有缘之人,不是任何人都能驾驭得了。若是玉跟这主人无缘,最终会害了主人。我哪能听得下他这些话,只当他想卖更高的价格,于是多给一倍的钱把它请回来了,送给你,茗儿。"星茗把瓜子脸转向他，一双美眸深情地望着他，充满无限爱意和感激。

星茗和文柏两家是世交，又是一对指腹为婚的才子佳人，即将在下个月完婚，到时琴瑟在御，莫不静好。星茗是一位大家闺秀，除了跟私塾先生学习琴棋书画，还跟师父学习剑术、医术、奇门遁甲。就在上个月，她已经学到了师父的全部本领。

师父曾说过，学好这些本领，最好是有灵气的童女，那样可以领悟到精髓。她天资聪颖骨骼精奇，是学习奇门遁甲的好苗子。师父曾为她卜卦，她前世是一名得道高人，因违反本门清规被逐出师门，最终抑郁而终。

为了学艺，她把婚期一拖再拖，两家父母感到莫名其妙，尤其是文柏，他非常喜欢星茗，怕她悔婚，才不惜重金为他买这传世手镯，向她表明爱意。

当天晚上，熟睡之际，星茗隐约感到手腕沉重，浑身发软。昏昏沉沉之际，仿佛有道人与她说笑，一路引领，最后进入烟雾缭绕的宫殿。

这里的侍女姿色不俗，穿戴考究，端茶倒水都是腾云驾雾，来来去去，环佩叮当，繁花在侧，丝竹声不绝于耳。这是神仙的府邸吗？星茗心中疑惑。见有来人，座上的美人马上打了暂停的手势，众人噤若寒蝉，乐声嘎然而止。

带领她来的道人向座上禀报："落凝仙姑，星茗小仙到了。"

落凝仙姑笑语盈盈道："星茗，恭喜你，你终于要和文柏完婚了。"

见她诧异，落凝仙姑继续道："你前世是这万花仙境的清栀仙子，美貌又淘气，你是我们父王最疼爱的小女儿。有一次，你外出游玩失足跌落悬崖，因为道行不高没能自保，是文柏的前世在河中发现了你，所幸你尚有气息，他救了你，给了你全新的生命，你也从此爱上了英俊的文柏。但父王坚决不同意你们的婚事，因为人神殊途，不能相知相恋，结为夫妻便是违背了天规。"

"我们若和凡人结婚生子，不仅道法全无，还会被除去长生不老之身,和凡人一样生老病死,届时,你再不是我们家族的成员了,我们永远会失去你这个幺妹。父王偷偷派人杀死文柏,以断了你的念想。而你得知此消息后悲痛欲绝,服下清魂丹,此丹有剧毒,可以使神仙顷刻魂飞魄散。

父王见你如此绝决,后悔不已,将你魂魄小心收纳好,葬于清凉山之上,等待你在尘世历劫之后重生,再回万花仙境。而死后的文柏,身体竟然化成了绝世的美玉,被一位得道高人收藏,流传尘世。因这玉是文柏的前世身体所化,怨气极重,历时几世之后,佩戴过它的主人都被这怨气影响,抑郁至死。"

星茗听得目瞪口呆,用力摇摇头,再掐一下自己,感觉到疼,才知道自己不是在做梦。落凝仙姑见状,莞尔一笑,继续说:"每伤一个人,这玉上的血丝便会加重一次,更加鲜红,直到遇到你,这怨气才渐渐消除,玉上的血丝才渐渐淡化,你和文柏完婚之后这玉上的血丝将会消失,咒语将会解除,到时你们会琴瑟和鸣过一生。你了却此姻缘后,父王会施法让你回到万花仙境重生,到时我们一家就团圆了。

你和文柏曾有契约:

妾本清栀仙,爱上世间郎。

愿为凡间女,长伴夫君旁。

生下众儿女,日日耕种忙,

从此桃花源,人间羡鸳鸯。"

听完这句,星茗仿佛被人狠狠推了一下,她大叫一声,倏地坐起来,看到文柏,父母都在,不知道发生了什么事情。

文柏说,当天晚上她就生病了,已经昏睡了一天一夜。还说,现在的大夫啊,真是越来越不中用了,竟然查不出病因,也不知道开什么药方,可急死我们了,现在你醒了,一切万事大吉。

星茗若有所思，梦中的一切忘记的差不多了，回忆起来七零八落。梦境亦真亦幻，待众人退去，她马上卜了一卦，卦象显示，师父所言不虚，她的前世果然是位小仙，今生来到世间只为完成宿世姻缘。

　　不去想了，准备下个月当新娘吧。这时她抬手，看了看手镯，华美无比。"希望你给我带来好运。"她轻轻地说。

韶华之年待君来

怜君楼的夜，灯火通明，达官贵人迎来送往，打情骂俏声，招呼声，赌博声，声声入耳。

偏厅一间客房里，只听见那老鸨说："雪莹，这个客人你接也得接，不接也得接！他来头很大，我可招惹不起！"

"雪莹自知无权选择，只是当初画押时说好了卖艺不卖身，如今让我接客，雪莹誓死不从！"说话的是一位身材瘦弱的少女，墨发及腰，双眸似水，目光坚定，面带淡淡的冰冷，一副大义凛然。

"再说了，怜君楼的丫头又不是我一个，让别人去也是可以的。别人还巴不得高攀呢。"看着她可怜巴巴的样子，老鸨觉得更加可恨。

"小时候你家里穷，我花了二十两纹银把你买来，请师傅教你琴棋书画，不曾让你干重活，还给你配了丫鬟，没想到今天用到你了，你给我撂挑子！若是真能换成别人就好了！这风流成性的王公子乃金陵望族，他想得到的人，谁敢拒绝，敢扫他的面子，这不是找死吗？"

"幽怜，把小姐看好了，要是出了什么差池，可别怪我不客气！"语毕，老鸨拂袖而去。

老鸨走后，主仆两人开始商量对策。幽怜跟随雪莹多年，情同姐妹，两人命运有着惊人的相似，同病相怜的缘故，幽怜非常心疼小姐。

于是她提议："我们互换身份，反正王公子也不认识小姐，加上夜晚光线不好看不清楚，我们可以偷龙换凤，让小姐假扮丫鬟，我来伺候王公子。"

雪莹坚决不同意，"幽怜，我知道你是为了我好，可是你也不能牺牲自己啊。那个王公子，若是好人，他会来青楼这种地方吗？"

幽怜拽着她的衣角说："小姐，时间来不及了，小姐待我好，我理应回报你！再说了，我接客不是早晚的事情吗？在这烟花之地，哪有青白之身？小姐你与我不同，你有过人的才艺，有常人所不及的美貌和智慧，若能碰到知己愿为你赎身，你自由后可别忘记幽怜啊！"

说完，主仆两人相拥而泣，过一会儿，老鸨又来催促，这才依依不舍分开，止住哭泣，互换了衣服。

雪莹一身素服，青丝轻挽，头上不留任何珠钗，即便如此，仍聘聘袅袅，清淡出尘。她故意在嘴角点了一颗血红的痣，看起来很恶心，这样，即使事情败露，王公子看到她如此面容，也没有兴致了，更不会怪罪到妈妈头上。

华服之下，幽怜也毫不逊色，眉眼之间神采奕奕，顾盼神飞，只是多了一份风尘之气。

当晚王公子过来，对眼前的"雪莹"很满意，只是琴艺实在不怎么样，连不懂音律的王公子都听出来了。也许是心情好，并没有过多的追究。两人玩猜拳，行酒令，捉迷藏，玩得不亦乐乎，身在青楼，身不由己，陪客人玩得尽兴是基本技能，否则惹恼客人自己无立足之地。

"幽怜"在一旁觉得无趣便悄悄退下。

走廊里，男男女女，或行色匆匆，或勾肩搭背，空中飘荡着淫荡的笑声，这种环境让她窒息。

　　进门之后转身掩门，却被人突然捂着嘴巴，拦腰抱起，狠狠甩在床上，还没来得及反应，那人跃到床上，拉起棉被，在被窝里与她四目相对，眼神清澈诚恳。

　　面对突如其来的状况，她见多了世面和刀光剑影，出奇地淡定，并没有像别的女孩那样，大声呼叫。也许她孤身一人在这世间，早就身无挂碍，不惧生死，才会如此平静。

　　正要开口询问，外面一阵嘈杂，只听兵器铿锵，步履匆匆，为首的官兵问："你们可见一个黑衣人进来么？"众人否认。

　　那人不死心，狠狠地说："给我搜！一间一间的搜！"

　　雪莹方才明白怎么回事，眼看官兵马上就要进来了，那黑衣人竟然迅速褪去衣服，翻身压在了她身上，并用嘴巴封住了她的嘴！进来的官兵看到这一幕，顿时傻眼了，随后哈哈大笑。

　　"你们继续！"说完，掩门而去。

　　官兵走后，男子从被窝里探出头，看到外面安全了，便把被子扔到一边，饶有兴趣地盯着她说："我的口水把你嘴角的痣给融化了，哈哈。"雪莹用手抹了一下，果然，手上沾了红红的胭脂，气急败坏地说："你忘恩负义！看我不叫人把你这个刺客抓起来！"男人听完，慌忙把手放在嘴上，打了一个"嘘"的手势。嬉笑着说："刚才吻你的时候你挺享受的，这是你的初吻么？"

　　不提还好，一提，雪莹想起刚才被一个健硕的男人亲了，哪经历过这些，一向冷静的她竟然再也不平静了，羞愤、激动、羞涩……各种情绪排山倒海而来，看着眼前健硕的胸肌，竟然脸红了。这时她才意识到这个庞然大物竟然占了她便宜，伸手就是一巴掌。本以为他会怒目圆睁，没想到竟微微一笑："你是第一个打我脸的人！你得付出代价！"这时她才仔细看了他的脸，剑眉星目，鼻直口方，国字脸，两撇短髭，相貌甚是英俊。

离他如此之近，男人气息扑面而来。她吐气如兰，心口小鹿乱撞。他心猿意马，美人在怀难以自控。

意识到自己失控，他马上调整姿势，坐了起来说："感谢姑娘搭救之恩，我还有要事先走一步！这个玉佩送你，记得收好，我们很快还会再见面的！"说完，他从衣服上扯下一块玉佩放在她手中，迅速穿好衣服从窗口跳了出去，消失在黑夜中。

那晚互换身份，幽怜深得王公子欢心，从那以后，他隔三差五就来怜君楼寻欢作乐，不来找雪莹，她倒乐得清静。

清闲的时候，她喜欢望着窗外的四角天空发呆。无数次回想那天晚上侵犯她的男子，不知道他现在在哪里，他说很快可以再见面，这个"很快"是多长时间呢？

她拿起玉佩仔细端详，上面雕刻一朵精致的兰花，旁边刻了一行小字：纳兰宣。"纳兰宣。"她轻轻念着，心想，这个名字好奇怪，不像汉人。那他是谁呢？

午后，怜君楼冷冷清清，这时姑娘们也不能休息，妈妈请来了乐师，教习歌舞。排练完毕，雪莹准备沐浴，突然，大厅里来了一群陌生的男人，虽然衣着朴素，但言行举止、面相与常人不同。

为首的命人抬出一箱珠宝，老鸨见状喜笑颜开，慌忙说："不知贵客相中了哪个姑娘，我这就让她出来陪伴公子……"

话还没说完，就被那人打断："我要替一个叫雪莹的姑娘赎身，不知道这钱可够？"

老鸨连连点头，如今生意不好做，这一箱珠宝够她吃喝半辈子了，见好就收，她痛快地拿出了雪莹的卖身契。

姑娘们纷纷投来羡慕的眼神，一个一个忙着套近乎，雪莹一头雾水，不知道遇到了哪位贵人。她坐进一顶轿子，七拐八拐，拐进一条小巷子，突然感觉不对劲，她揭开帘子，拍打轿门说："喂，停下停下！你们要把我带到哪里去？"见众人不说话，她轻轻一跃，飞出轿子，拦住了轿夫说："快说，你们到底是谁？"

这时旁边有一位声音说："丫头，这么快就把我忘记了？"雪莹回头一看，原来是那天晚上黑衣人。

"你怎么在这里？"雪莹疑惑地问。

黑衣男子示意随从，这时随从站出来说："雪莹姑娘，您是我们公子的救命恩人，现在他帮您赎回自由之身，若您不嫌弃，可以去纳兰府小住，我们会保护您的安全。"

雪莹想起来那个玉佩，原来他是纳兰宣，看他穿戴不俗，应该是豪门公子。对了，她之前在怜君楼曾听人提起过，京城纳兰家公子玉树临风，文武双全，是皇上钦点的探花，此纳兰就是彼纳兰吗？

随从没有透露太多信息，只是把她安顿在一处院子，派了几名身手好的壮汉守着。

一年后。

端王府张灯结彩，端王爷的长子纳兰宣大婚。新娘不是别人，就是雪莹。原来，他们相遇当晚，他接到皇帝口谕，夜里刺杀当朝大员肃清王。

他结党营私，门生遍布全国各地，皇帝命人秘密搜集证据，没想到被老贼发现，全部灭口。此外，他还请求皇上把参奏他的人处死，以正朝纲。

肃清王是两朝元老，早年在先帝登基时立下汗马功劳，先帝曾下御旨，不管他犯了什么错误，都可以免死。既不能违背先帝旨意，又要诛杀老贼，皇帝最后想到秘密处死。但他武功高强，处处警惕，整座府邸有重兵把守，如何才能悄无声息处死他呢？皇帝就想到了纳兰宣，他的身手远在肃清王之上，更重要的是他机智。

纳兰宣刺杀肃清王当晚，险些丧命。若不是他机智躲到青楼，估计早就成了他刀下亡魂。离开怜君楼后,他对当晚的事念念不忘,此生行走于世,难得有女子令他怦然心动,今生若错过,真乃一大憾事。于是派人悄悄打听,得知她是怜君楼头牌的丫鬟,卖艺不卖身,才决定帮她赎身。

后来得知她那晚的遭遇,更加怜惜她的身世,派人偷偷教训了王公子一顿,这厮这才老实。

纳兰宣对她情深意重,不仅为她赎身,还说服父母,把她纳为正室。为避免身份尴尬,他让朝中一名德高望重的元老认她做义女,让她有了高贵的出身。雪莹此生能遇到纳兰宣,人们都说她祖坟冒了青烟,很多人羡慕至极。